異人《いじん》と同人《どうじん》

浅生　鴨
小野美由紀
川越宗一
古賀史健
ゴトウマサフミ
スイスイ
高橋久美子
田中泰延
永田泰大
幡野広志
燃え殻
山本隆博

tokyo

もくじ

月とマグニチュード

古賀史健

いま、揺れた？
カップ麺をつかむ箸を止め、彼女が顔を上げた。
きらきら汗ばんだまるい額に、
うぶ毛めいた前髪が波を打って貼りついている。
いや。
蛍光灯にぶら下がる紐を見上げ、ぼくはつぶやく。
揺れてないよ。
語りかけた彼女の瞳に、ぼくのことばは届かない。
ぼくをするり通過して、
どこか知らないまっすぐを見つめている。

ちょうどクーラーをまわそうか迷っていたところだ。
テレビでやるかもね。
つとめてかるく立ち上がる。
窓を閉め、冷房ボタンを押しながらもうひとつ。
テレビのリモコンどこだっけ？
沈黙に埋められた空気が、調子っぱずれな声をくぐもらす。
ぶるっと身震いしたクーラーまでも、
じっと気配を推しはかるように。

のびた麺をすする音が、声のない部屋に響く。
スープまで飲み干して、ぬるい麦茶に手を伸ばす。
変わらずテレビは、なにも伝えない。
なかったみたいだね、やっぱり。
ちらと彼女を覗き込む。

でも。

彼女は言う。

ううん、なんでもない、と。

風呂から上がって窓を開けると、秋虫が鳴いていた。

自転車の乾いたチェーンが、からから道を走り抜けていく。

水道塔のうえに、おおきな月。

蒼く雲を滲ませ、まるく浮かんでいる。

蛍光灯を落としてベッドに入ると、彼女は黙って背を向けた。

タオルケットをつかんだ手が、野蛮に力を増す。

おととしの誕生日に買ってくれた、目覚まし時計。

秒針はいまも、規則正しく時を刻んでいる。

だいじょうぶ。

ぼくは口の中でつぶやく。

だいじょうぶ。これがはじめてじゃない。

まどろみからさめると、背中の彼女が泣いていた。
声に出さず、
ちいさく背をまるめ、
ひとりきりに泣いていた。
ぼくはことばを探す。
振り向いて肩を抱き、涙を止めることばを。

そして、どすん。
ほんとうの地震がやってきた。
身を起こすと彼女は、
月と外灯に照らされ、寝息を立てていた。
ほら。
鼻からゆっくりと、外気を吸い込む。
ねえ、ほんとに揺れてるよ。
蒼の月を睨むぼくは、そのことばを探している。

11　古賀史健　／　月とマグニチュード

商業誌では書けないこと

小野美由紀

ああ、書きたい。書きたい書きたい書きたい。でも書けない。なぜか。ネタがないからでも書き方がわからないからでもない。

書こうとしている内容が、著しく過去に深く関わった他人のプライバシーを侵害するからである。

エッセイを生業とする書き手の中で「面白いから書いてしまいたい欲望」と「相手を傷つけるリスク」との間で葛藤したことがない人間がいるだろうか？

私はしばしこの問題にぶち当たる。

とりわけ恋愛に関する話においてはなおさら。

例えば「明日司法試験だから、朝一でこれにオシッコして。景気付けに試験会場で飲むから」と言ってサーモスを手渡してきた飲尿大好きな11歳年下の大学生のKくん。

別れ話を切り出したら「二人が別れる運命を変える！」と言って突然バタフライナイフを取り出し自分の手のひらを真一文字に切りつけたWくん（「運命線の形を変えたら運命も変わる」という意味らしいが、しかし手のひらに横に走っているのは頭脳線なので当然運命は変わらずに別れた。Wくんの頭は少しよくなったかもしれない）。

付き合っている途中でメンタルを病んでしまい、どんなメールを送っても枕草子を章ごとにコピペして送ってくるようになったイギリス人のPさん。

生身の女性とはどうしてもセックスできず、毎回催眠オナニーの音声を爆音で聴きながら私に見守られてオナニーしていたRくん。

パンチがありすぎるのでネタとしては上等だが、目立つところに書いたら本人にも読まれるし周囲の人にバレるから書けない。歯がゆい。

他にも、業界が同じで共通の知人が多すぎて書けない（打ち合わせの際に体調が悪いと話したら、自分は実は気功の使い手で僕がちんぽの先から気を出すから君はまんこでそれを吸い込んでとセックスに誘ってきた◯文社のEさん）とか、相手が有名すぎて書けない（代々木公園でデートしていたらいきなり「足を舐めさせてくれ」と言い出し、ベンチに座って公衆の面前で私の足の裏をペロペロ舐め始めた声優のXさん）とか色々ある。

この辺の話は別にこちらが慮る必要は全くないのだが、彼らのあとあとの人生のことを考えると迂闊には書けない。

と、言うことを先日同業者の女性に話したら

「自分はそう言う、エッセイというていでは到底書けないものを書くために小説を書いている」と言っていたが、私はそんな眠たい工夫はしたくない。小説は神聖なものだ。男の身を案じて、そのために利用するものではない。

ああ、苦しい。書きたいのに書かせてもらえないほうが、書きたくないのに書かなきゃいけないのよりよほど辛い。本当はリリー・フランキーさんくらい、全部本名であけすけに書いてしまいたい。彼らが先に死ぬまで長生きするしかない。

同人誌って便利だ。〝ここでしか書けないネタ〟を堂々と書ける。なんせ読む人も少ないし。昔の作家ってきっとこういう気分だったんだろうな。

この「全部書いてしまいたい」欲望が滲み出ているせいか、最近「書かないでね」と先回りして言われる機会が増えた。この前なんかセックスした次の朝、相手の家を出た5分後に「昨日のこと、書かないでね」とメッセが来た。まだ駅にも着いてないのに。はいはい、言われなくても君がセックスの最中だけでちゅよ言葉になることは

書かないでちゅよ。

「書かないでね」と言われるのも興ざめだが、「俺のこと書いたでしょ」と言われるのも面倒臭い。

いつだったか、自分にとっては素晴らしかった恋の思い出を、本人が特定されないようにかなりぼかして素敵な感じに書いたら、SNSのメッセージリクエストに「俺たちのこと、あんな風に書いてくれてありがとう」と見知らぬ人間から連絡が届いた。誰だっけ、と思ってプロフィールを見ても全く覚えがない。記憶の糸を手繰り、必死に思い出す。共通の知り合いらしき人にこの人誰だっけ？と聞いてやっと分かった。10年前に1回だけ寝て、話も体も噛み合わず自分の中では無かったことにした相手だった。こちらにとっては記憶にすら残らない関係でも、相手にはこんな風に思われているのか、改めて自分が見ている景色と、他人の窓から見えている風景との違いを実感した。

また、非常に情けない話だけど、〝自主回収問題〟もある。私の場合、好きな男がいる最中には途端に執筆のキレが悪くなる。「嫌われたくない」と言う気持ちが過去の恋愛をあけすけに書くことにブレーキを掛けるのだ。情けない。恋をしている女のSNSは本当に眠たい。本当は24時間365日、あけすけな性の話を書ける私でいたい。武士たるものいつでも刀は抜ける状態でいたいのだ。

はあ、しかし、他の文筆家の方々は、この「書きたい、でも書けない」ジレンマとどう戦っているのだろう？　誰かを大切に想う気持ちより、体験したことを面白おかしく描きたいという残酷な欲求が突き出てしまうことってあるじゃないですか。後から怒られたとしても、だって書きたかったんだもんとしか言えない、みたいな……。

もしも全ての恋が、美しくて素敵な思い出ばかりなら、〝映え〟る恋愛ばかりして来たのなら、ひょっとしたらこんなことでは悩まないのかもしれない。私だって燃え殻さんみたいに、美しくエモく過去の恋愛を書きたい。

でもなあ。何となくだけど、昔の恋の思い出を真空パック状態で美しく書けるのって、男の人の特権な気がするな。

女だったらそうはいかない。過去の恋愛を、自分を、相手を、どうしたって冷めた目で見てしまう。どんなに素敵な恋愛だって、冷静に、かつ、少しの憐れみ（その時の自分と、相手を）を込めて見つめてしまう。主語が大きいって言われそうだけど、こればっかりは、絶対に、そう。山田詠美だって、その他の女性作家だって、自分の恋愛経験をうっとりするような美しい言葉で描いたエッセイがたくさんあるけれど、「どう、私、あなたの話をこんなに綺麗に描いてあげたわよ」って、どっかで自慢げに思ってるとこ絶対にあるもんね。そんな描き方。当時の感情にどっぷり浸ってしまうのって、何となく今の自分を自分で否定する気がして悔しいのだ。たとえひっそり一人で思い出す時ですら、女は過去の恋を乗り越えて、素敵になった〃今の自分〃を肯定したい。絶対に、そういうとこ、ある。

しかしこの「書けない」問題は、本当は書き手としての力量の問題でもあるのだ。どんなにしょうもなくてばかみたいな経験でも、エッセンスだけを抽出して、読者にとって含蓄深く、滋味深く、意味のありげなお話として描けたなら。その時にはきっと、罪悪感なんて感じないとおもうんだよね。それは「直接書けないから、小説にデフォルメする」のとは違うものだ。辻仁成だったらサーモスにオシッコを入れて飲む男の話も、人生の酸いも甘いも詰め込んだ物語に昇華するかもしれないし、村上春樹だったら催眠オナニーの話も、地下2階も3階もあるオカルティックな寓話に変換するかもしれない。いつか全ての恋を物語の素材にしたい。さすればしょぼくて苦い過去の経験も、少しはしがいがあったと思えるものだ。

19　小野美由紀　／　商業誌では書けないこと

おもしろマンガ「あいつはラガー」 by Aso Kamo

第１話　　だいたいおなじ

わかるはわける

浅生　鴨

この世界はあらゆるものが繋がっていて、僕たちにはそれをそのまま丸ごと理解することはできない。世界を切りわけて小さな単位にして、それらをもう一度積み重ね、並べ直し、ようやく僕たちは世界を一つの物語として把握する。そして何かを知った気になる。

世界は矛盾と理不尽と不可解さにあふれ、不公平で不親切で不愉快で横暴だ。ただここにある世界の、そのすべてが繋がったものの丸ごとが世界なのであって、喜びにも悲しみにも理由などない。ただ単にあるだけだ。だからこそ、僕たちはその理由を知りたいと思い、世界をわけようとする。

わかるためにはわけなくてはダメなのだけれども、繋がっているからこそ成立する世界をわけてバラバラにすれば、それは小さくなった何かを見たということに過ぎず、たとえわかったような気になったとしても丸ごとの世界がわかったわけではない。機械の仕組みを知るために分解して一つ一つのパーツを取り出し、その構造を理解するのとはまるで違っている。

世界が単純じゃないことは誰もが知っているのに、僕たちはすべてが単純でわかりやすくあって欲しいとどこかで思っているし、人は自分に見えないもの、見たくないものは存在しないで欲しいと願い、ときに自分を欺こうとまでするから、気をつけておかなければ世界から好みのパーツだけを集めて満足してしまう。

残念ながら僕に知ることのできる世界は僕の体の中にしかない。僕の脳の中にしかない。見聞きするものはすべて僕の中で処理された情報に過ぎなくて、本当はどうなっているのかなんて僕には永久にわからない。

僕が僕の中から出てこられない限り、どうやっても世界の断片しか手に入れられないのに、やがて僕は自分の手元にあるものがしょせんは世界のほんの欠片に過ぎないということを忘れ、それを世界のすべてだと勘違いする。そしてたぶん、誰もがそうやって勘違いしている。

わかるとすぐに言いたがる者を僕があまり信用しないのはそういう理由からだ。

少しでも自分の体の外にある世界を知るには、自分以外の感覚を獲得するしかない。無限に存在する他者の感覚を獲得し続けるしかない。

だから僕は小説を読む。他者が感じている世界を知るために。僕ではない他者の人生を知るために。それぞれの手元へ切り分けられた世界のパーツを少しでも集めるために。

アサシンが朝死んでた。

テクスチャー

山本隆博
@SHARP_JP

「自動販売機のような仕事だよ」
いつしか男は、自分の仕事をそう評するようになっていた。

自動販売機に百円あるいは百五十円の硬貨を投入すれば、百円あるいは百五十円なりの飲み物が出てくる。人は揺るぎなく、飲み物を手にする前から百円あるいは百五十円の飲み物が飲めることを確信している。人間は自動販売機を前にする時、入力と出力に時間差のない世界を生きているといってよい。入力と出力が同時の世界。いやむしろ入力の前に出力がある、逆転した世界だ。人間はすぐ加速するし、だいたいいつもせっかちなんだ。

「わかるかい？」

男はかたわらの老いた犬に、静かに語る。

男の仕事はいわゆる広告と称されるものだった。製品を売るため、多くの企業はモノを作るための金とは別に、モノを知らしめるための金を投ずる。男の仕事はそのモノを知らしめるための金を依頼主から預かり、多くの人にモノを知らしめるために、インターネット上のどこでどれだけの金を費やすべきかを計画し、依頼主に代わって実行することだった。

「ただいまといってきますが反転する日だった」

鍵をジャラリとテーブルに置き、男はつぶやく。

男は古いモノで埋め尽くされた家に暮らしている。本をはじめ、かろうじて骨董と呼べるような道具、時代に置いてきぼりにされた楽器、いつかだれかが古着にした洋服、ドライフラワーを吊り下げたベランダには、奇怪なフォルムへと生育を続けるサボテンが並ぶ。衣食住の食以外は、時間の経過を経ていないものはないといえるほど、男の暮らしは古いモノに囲まれていた。部屋の中のおびただしいモノは雑然と置かれているものの、不思議と不潔さが感じられないのは、持ち主なりの配置の法則が訪れる者に伝わってくるからかもしれない。

古本が円形に積まれた真ん中では、周囲の本を従えるかのように毛並みのいい老犬がくつろいでいた。

依頼を受けて金を預かり、代理で金を運用する仕事は、当然のことながら細部にわたり報告が課せられる。利益を確保し続けることが企業の命題なら、使う金にも使ったなりの効果が求められるわけで、男はとりわけ預かった金を使う前に、どう使い、どれほどのリターンを得るのか、依頼主へ詳細な報告を行わなければいけなかった。

「やる前に示される結果とは、神のみに許された行為ではなかったか」

男はプレゼンで配布する資料の一部だけ、紙の裏にそう小さく書きつけるのが習慣だった。ランダムに配るから、自分に回ってくることもある。

インターネット上の広告の仕組みは高度にシステム化され、金を投じる前に何人がその広告を見るかが瞬時に保証される。投じる金へのリターンの速さとリスクの少なさを追求する業界では、必然的に男のプレゼンはどんな広告を作るかよりも、とにかく何人がその広告を目にするかを確約することが主体になっていた。

男の仕事は実行前のあらゆる判断に説明を求められる。説明を求められるとはつまり、すべてに意味を見出せと強いられることでもあって、男はじりじりと意味そのものに疲弊していた。行動の前につきまとう意味は他者からの承認すら要求し続け、入力の前に出力せよと男を脅迫する。男の思考はしぼむ風船のように落ち窪む。

「はじめに意味があるのなら、君も私もここにいないよ」

年老いた犬に餌をあげる時、男は思わずささやく。

男の家を埋め尽くすモノの中でとりわけ多くを占めるのが、アナログレコードだった。四角く区切られた棚やダンボールにびっしりと並べられたレコードは、男の両親が愛聴していたジャズや歌謡曲に、自らが興味のおもむくままに収集してきた世界中のレコードが混在していた。

音楽と呼べるかどうかさえ判断しかねる不思議な音が鳴るレコード。踊ることに特化した単純なリズムが繰り返されるレコード。なにかの儀式めいた民族音楽のレコード。特定の相手への手紙のようなプライベートなレコード。どこかの国のどこかの演奏会を記録したレコード。あるいは無音のレコード。音ですらなく絵がエッチングされたレコード。男が集めてきたレコードの中には風変わりな盤が多々含まれ、それが親の遺したレコードと脈絡なく並べられることで、分類や関係性が切断されながら、巨大な記録の集積が部屋の一角に形成されていた。

老犬は時おり段ボールに顔をつっこんで塩化ビニルと紙のにおいを嗅ぎ、思い出したかのようにレコードが何段にも積み上げられた棚を見上げる。

しばしば男は、分類されることなく並んだレコードを手当たり次第に二台のターンテーブルに乗せ、気の向くままにレコードを交互に、あるいは重ねて再生した。選ばれる音楽の順番も文脈も、音楽の始まりも終わりも、そして自分の意思すらも、無作為に等しく再生させる行為は、音楽鑑賞とはほど遠いものであったが、男にとっては余暇といってもよいほど、不思議な安堵を呼び込む楽しみでもあった。

「レコードはいつも中心に向かって時間が回転するから」

男が書きつけたメモだ。

それはある日の男のただの思いつきだった。ずいぶん前に再生が終わったレコードは回り続け、針がプツリプツリと終わった曲の溝でループを刻んでいた。気づいた男は次のレコードを探そうと針を上げ、ふと手にしたサランラップを見る。食事しようと皿から外したものだ。柔らかで同時に芯の感じられる薄いラップが気になり、ふとターンテーブルに敷いてみた。戯れにそっと針を置き、スイッチを入れると、スピーカーからは予期せぬ太い音が聴こえてきた。起伏のないツルツルとしたサランラップも、レコードの原理を通せば微細な凹凸が拡大され、耳にしたことのない音を響かせるのだった。

男はそこから取り憑かれたように、ターンテーブルの上でレコード以外のモノを再生させた。はじめて顕微鏡を覗いた子どものように、小さなものが大きく知覚できる発見に興奮しつつ、それ以上にどんな音が聴こえるか、再生する前に見当もつかないところが男を夢中にさせた。手近にある紙、皿、板。それぞれに手触りがある。手触りを持つモノが、ひとたびレコード針によって凹凸をなぞられると、電気信号に変換され、音となって拡大される。多くの場合、部屋を満たす音はザーとかゴーという擬音で表現されるような、心地よいものではなかったが、男はその不確実性や、テクスチャーが音として立ち上がる過程そのものに喜びを見出していた。そして二台のターンテーブルで同時に再生されるテクチャーは、ノイズとノイズが重なった音の壁として、男を少し陶酔させるのだった。

老犬はいつもとかわらず、それが音楽であろうがなかろうが、耳をピンとたてながら男の後ろ姿を眺めている。

部屋にある、思いつく限りのテクスチャーを再生し終わったと思ったころ、男はふいにあるモノに遭遇する。親の遺したレコードのジャケットに挟まれた、幼いころの写真を発見したのだ。休日の昼下りだった。写真はフィルムを現像したもので、いわゆる絹目調とよばれる、半光沢の印画紙が使われていた。おそらく小学校へあがる前であろう、公園で佇む自分の姿を眺めていた時、窓からの光が印画紙の上で反射し、写真の微粒面が目に入った。細かな粒子はまぎれもなく手触りを持ち、それはつまり自分の記憶を覆うテクスチャーだった。

男はすぐに写真を数枚かき集め、ターンテーブルの上に並べる。回転する写真にそっと針を落とす。数秒の擦過音が鳴り、小さな写真から針は外れたり、また乗ったりしながら、ある写真の一点で針は均衡をとって静止し、ノイズがループをはじめた。その音は起伏をともなった、低音と高音が同居した美しい轟音だった。音量の大小を繰り返しながら、高い音と低い音が同時に交差する。

男は部屋の奥からギターアンプをベランダに引っ張り出してきた。ターンテーブルの出力をギターアンプにつなぎ変える。電源を入れるとボンと音がして、ギターアンプのキャビネットから荒々しい音が立ち上がる。部屋の小さなスピーカーから再生されていた雑音は、一転してギターアンプの四発のスピーカーから放出された途端、文字どおり外へと響き渡る爆音となった。男はギターアンプのボリュームを躊躇なくひねる。音の壁がアンプに正対する男の身体をビリビリと震わせながら通り抜け、ベランダを超えて街に拡がっていく。男の部屋はマンションの中層に位置し、爆音は振動する空気の質量を増しながら、より遠くへ降り注ぎはじめた。

男はギターアンプのボリュームを最大にすると、犬を連れて部屋の外へ飛び出す。マンションのエントランスを抜け、上空から降ってくる音を耳で追う。写真の粒子が響かせるノイズの先頭へ。男と犬は駆ける。駆ける先は爆音が減衰し、ノイズがかろうじて聴こえる地点だ。

そこは男の家から二番目に近いコンビニの手前だった。ようやく男と犬は、肩で息をしながら立ち止まる。男は佇み、自分の写真のテクスチャーが鳴らす微かな音が周囲の音と溶けあい、消えゆく瞬間にいつまでも耳を澄ます。横で犬は舌を出し、動こうとしない男を不思議そうにじっと見上げていた。

うちゅうじん　さぶろうさん

ひろのぶさん

た

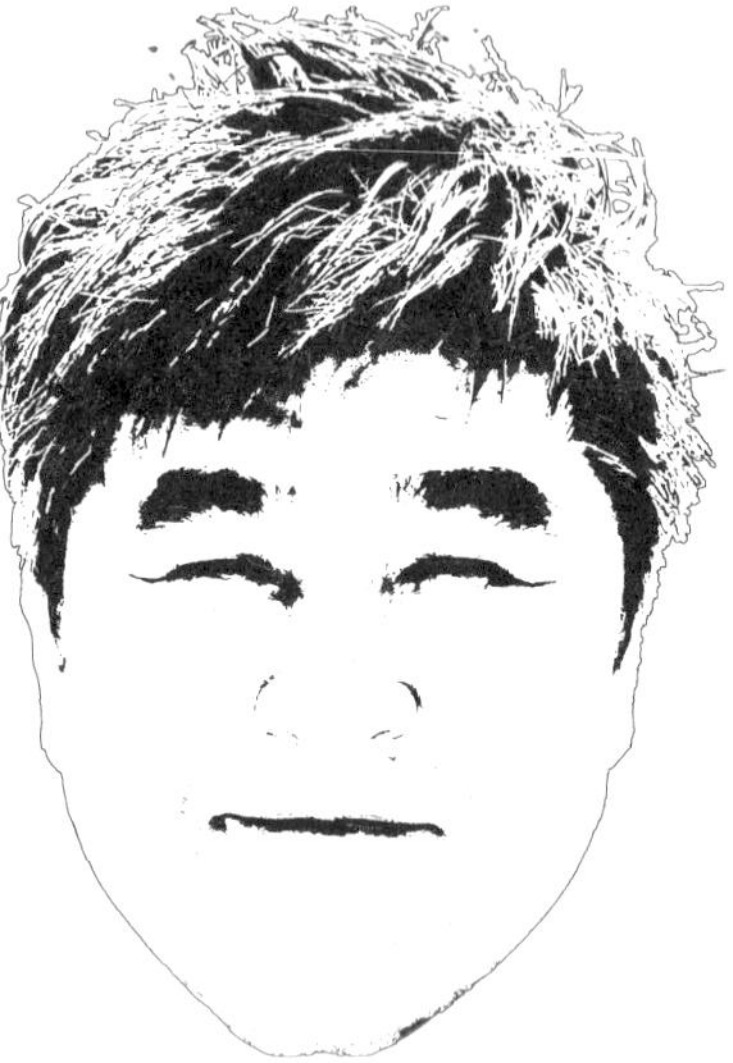

た

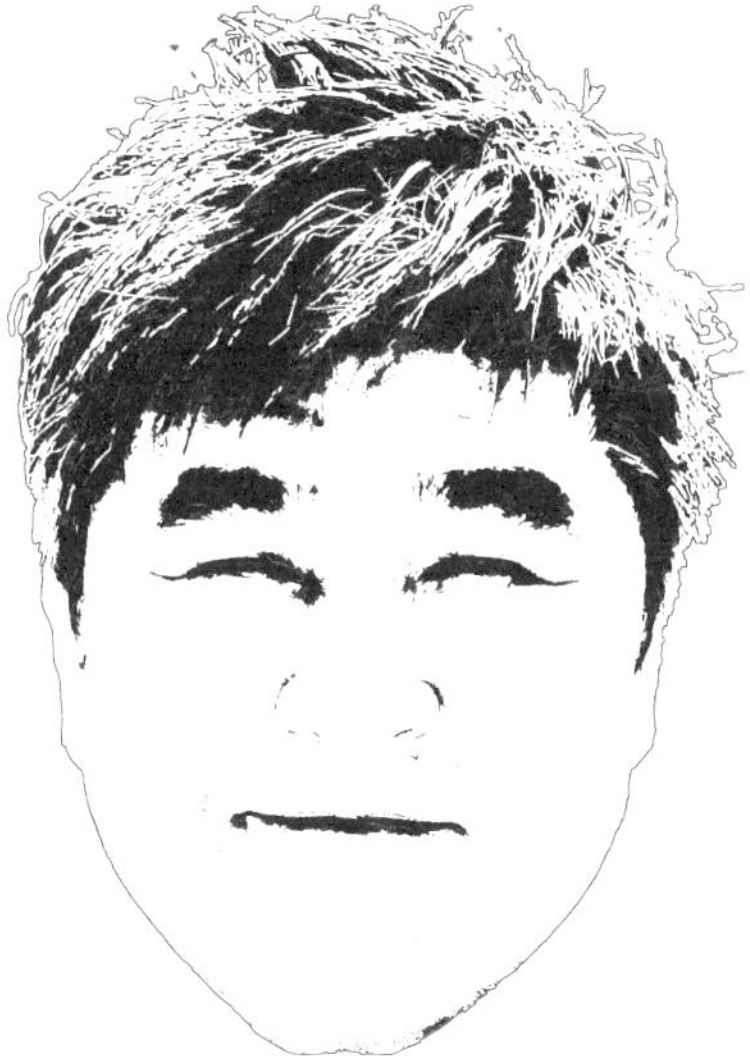

た

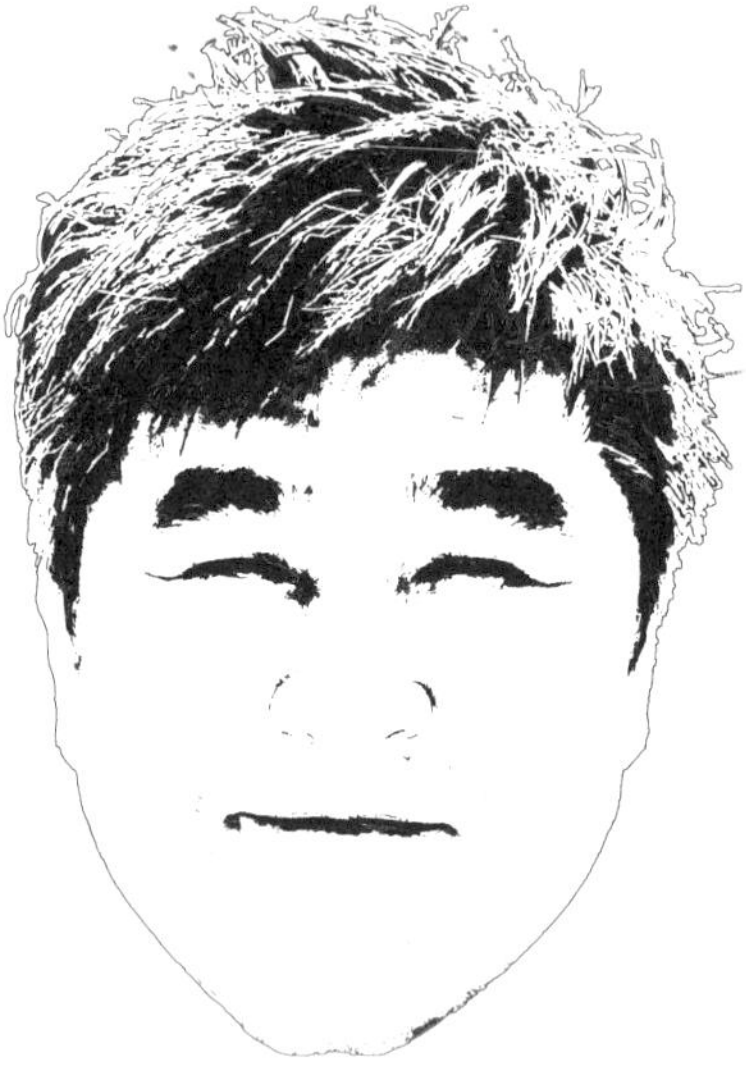

35　ひろのぶさん　／　うちゅうじん　さぶろうさん

た

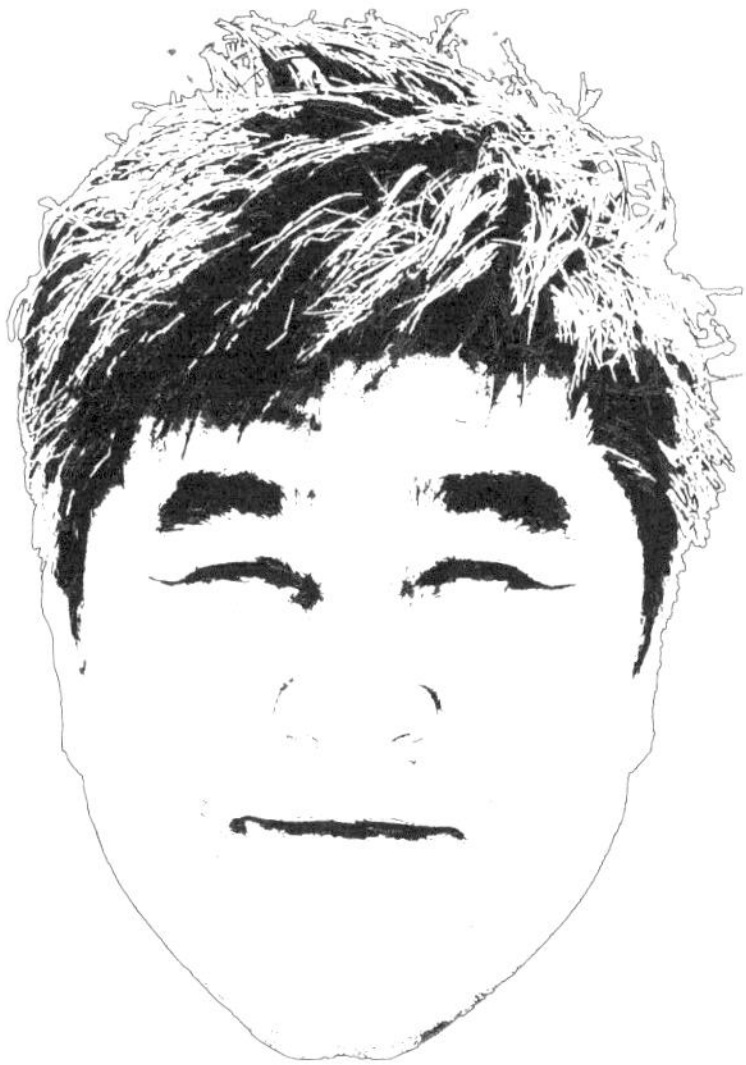

た

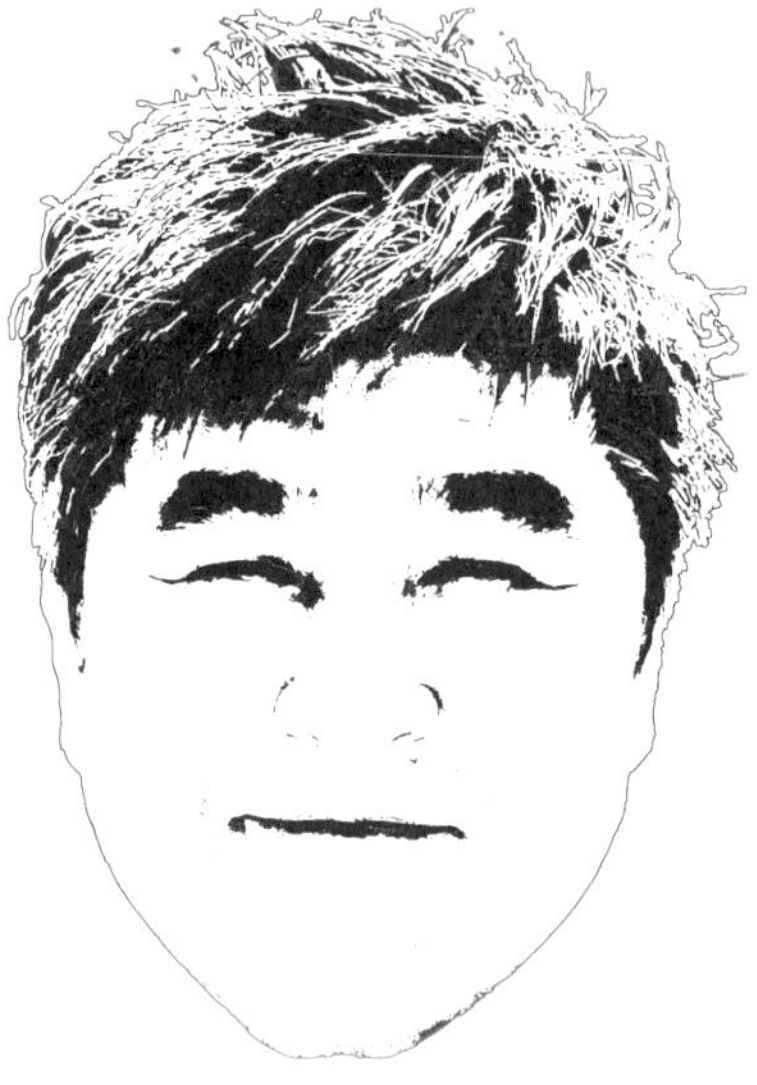

た

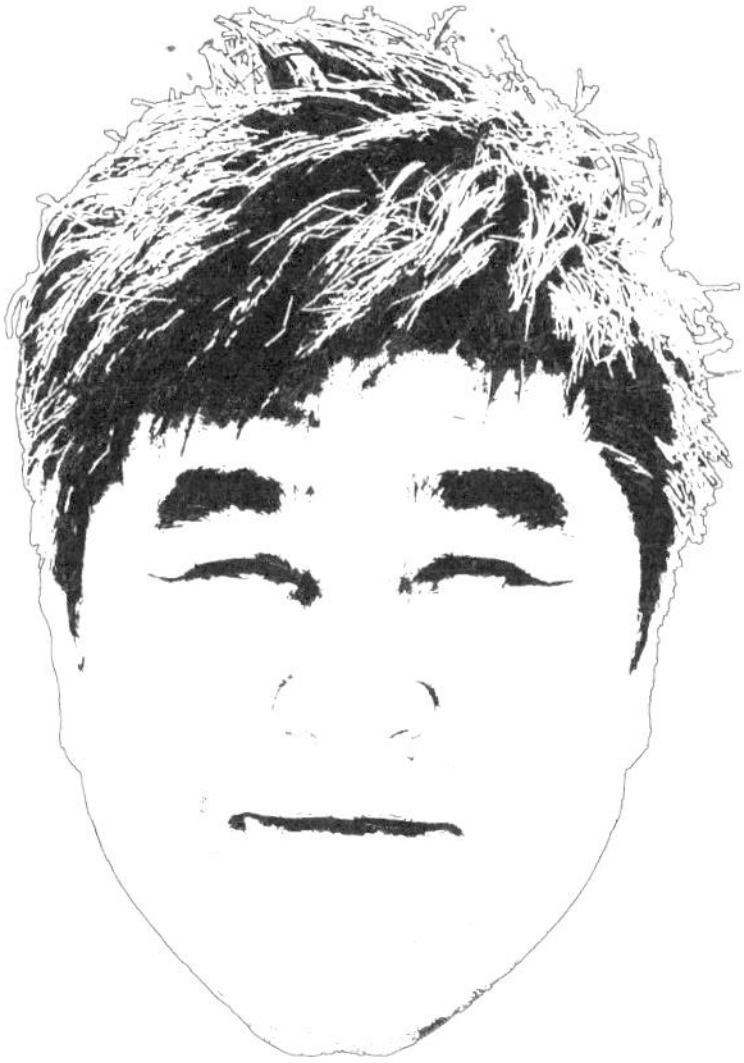

た

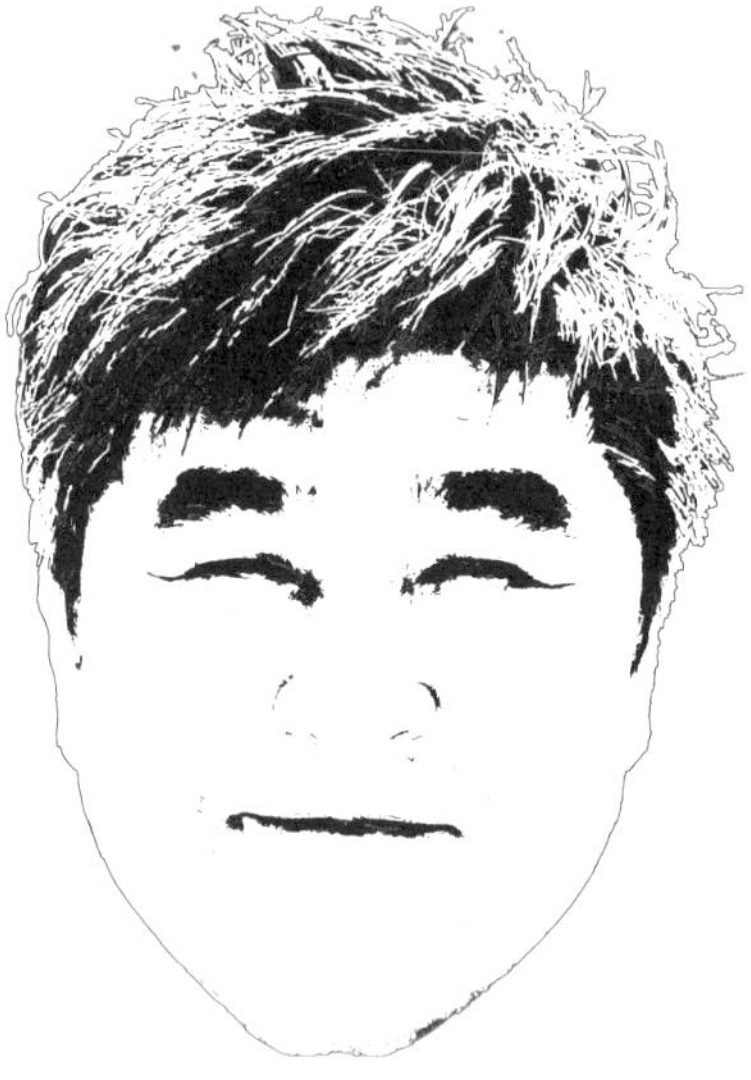

39　ひろのぶさん ／ うちゅうじん　さぶろうさん

た

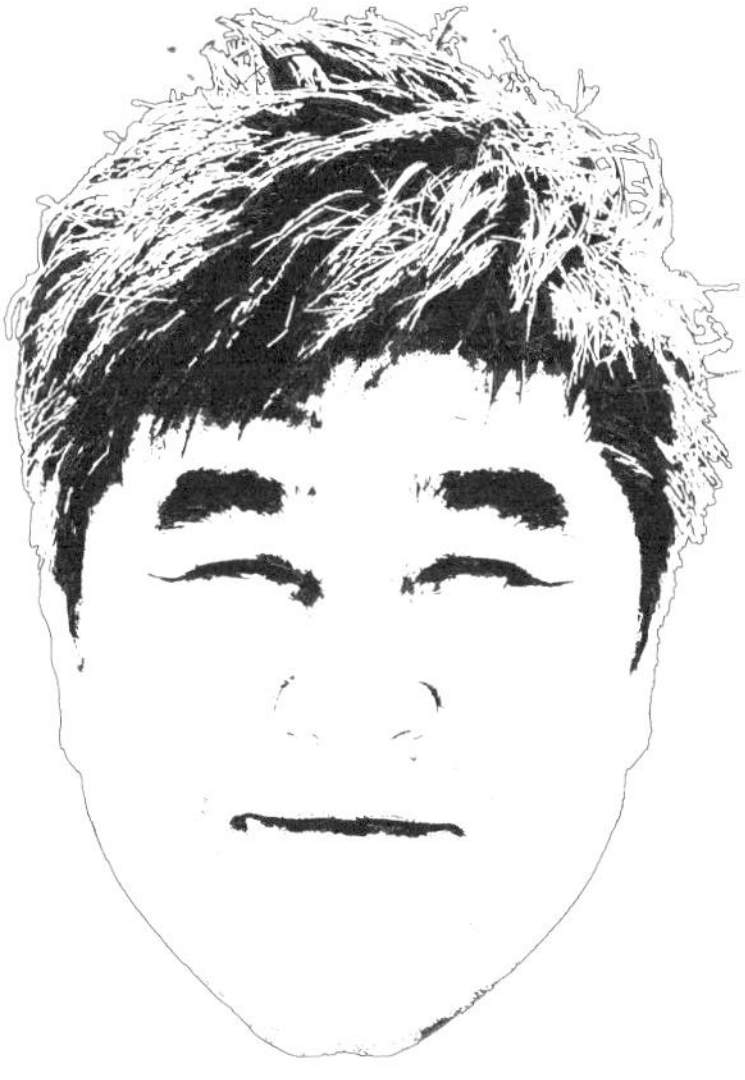

ずっと目の前にいる

スイスイ

雨上がりのアスファルトを、夕日が焼きはじめる。

猛烈に足が痛い。立ってるだけでギリギリと響くその痛みだけが確かな感覚で、数日前から嗅覚も味覚も麻痺していた。


その日、蝉の声を遠くに感じながら、肩幅ほどの大きさの土鍋を抱えて三番出口に立っていた。数ヶ月前まで大学の最寄りとして賑わっていたその地下鉄の駅は、さらなる最寄り駅が完成してから同じ場所とは思えないほど閑散としてしまっていた。

ヂタヂタヂタヂタと土鍋の重いフタを鳴らしながら、高台にある大学寮を飛び出し、全速力で坂を下ってきた。その間もずっと足が痛かった。目をそらしたくなる現実から逃げるように走っていた。とても一人ではいられなかった。


「走って来たの？」

急に視界に現れた笹谷《ささや》の言葉で、自分の息があがってることに気づく。私は、一年付き合っていた彼氏に突然振られたばかりで、その彼氏の友人が笹谷だった。

一八五センチもあるのに極度の猫背で、くたびれた針金ハンガーのようだから見下ろされても威圧感がない。家庭が複雑なタイプの帰国子女で、三つ年上なのに学年は同じだった。

鍋しよ、と言い出したのは私だった。

笹谷は駅のすぐ裏手にある、二階建てのアパートに住んでいた。部屋にいったん鍋を置くことになり、外階段を登っていく背中を見上げながら、私は外で待つ。

妙に長い両手をぶらぶらさせて、階段を降りてきた笹谷のスニーカーは見たことないくらい大きい。私が振られたことは知っているはずだったけど、それにはまるで触れないまま、スーパーへ行き、マロニーと、水菜と、白菜、大量の鶏肉と豚肉などを手に取った。ハンガーの肘や腰はいつも以上にグニャグニャと折れまがり、そんな笹谷が押すカラカラと鳴るカートのカゴに私は、ポイポイとチョコや麸菓子をいれる。

スーパーのある坂の上は高級住宅街で、坂の下のエリアは古いアパートや小さな戸建てがひしめく。薄白い煙草の煙を吐きながら、長い腕でビニール袋をぶら下げる笹谷。その影は、赤黒いレッドカーペットみたいにアスファルトを覆う。

はじめて入る彼の部屋は、ベッド以外に物がほとんどなく、煙草臭いけど無機質だった。出汁を買うのを忘れて、鍋に醤油や日本酒を大量にぶち込んでとにかく煮た。固形物を口にしたのは、彼氏に振られて以来はじめてで、2口くらいしか食べられなかったけど缶ビールはどれだけでも飲めた。笹谷はたくさん食べ、私はたくさんしゃべった。もともと口数の少ない笹谷は、オチもない私の話を、目を細めて聞いてくれてた。


外に出ると、月が大きかった。

満腹な私達は、アパートの階段をくだる。

笹谷は私の前でも後ろでもなく、数ミリの狂いもなく真横に並ぶ。本当は三分くらいで着く距離を倍以上かけ、寮に続く道まで送ってくれた。


住宅街の十字路で、私はバイバイと手を振る。笹谷は低く「また」と口に出して、こちらに背を向け、煙草に火をつけて、そのまま角をまがって、みえなくなってしまう。蜘蛛糸のような風が流れてく。

一人きりになった私は、そこに立ち尽くし、動けなくなる。それから、たぶん七秒くらい経ったあと、その角に向かって「あ！」と叫んでいた。あたりに反響する声にかぶせてさらに「あーー！」と叫ぶ。

一瞬、しんと静まる。

しばらくすると、ざ、と靴の擦れる音がして、煙を吐く影が現れた。月の逆光でその表情はみえなかったけど、笹谷から私の顔は見えていたと思う。私たちは今起きた出来事には何も触れず、今日はじめて待ち合わせましたという顔でコンビニに寄って、パルムを二つ買って、さっき降りたばかりの階段をのぼり、部屋に戻る。

どちらも電気をつけようとせず、真っ暗なまま、ふたりで小さなベッドに転がり、見えない見えない言いながら、それぞれパルムの袋を開ける。見えないアイスは食べ終わるまで時間がかかる。

遮光カーテンで密閉された暗闇。肩で触れる笹谷のTシャツからは、香水とは違うような淡い香りがする。しばらくして笹谷の体が一瞬離れ、窓の方から、クカン、と乾いた音がする。カーテン越しのガラスに、たぶんアイスの棒が当たった。

「はずれた」と笑ってる。

あの長い手をどこかに伸ばして、パシュッと赤い火が浮かび、煙の匂いが満ちる。ときどき赤が強まり、口元だけうっすら見える。いつのまにか火は消され、煙の気配も弱まる。

私はやっと木に残るチョコレートまで舐めきって、その平たい棒を窓の方に投げる。シャ、とビニールの音がした。その音をきいて「あたりじゃない？」と笹谷が言うや否やミシッとなにかが軋み笹谷の空気が私に被さる。甘くて、苦くて、冷たい味がする。その冷たさはぬるくなっていって、そのぬるさは私の首や肩に這う。私たちはテレパシーが使えたのかもしれない。ふたりともほとんど服を脱いだり脱がせたりしないまま、できるだけ無言で、お互いを確かめていた。下着の中に手を入れあったり、完全にはズボンを下ろし切らないように、慎重に。触れた笹谷の性器は長く曲がってて、まさに笹谷の分身がここにいるみたいで愛しい気持ちになったけど、それも口に出さない。徹底的にルール説明されてはじまった異国のスポーツのように、私たちは着たままの服を汗で湿らせ埋もれあう。かなり長い間そうして、でも結局最後までしないまま、私たちは抱き合った。寝かしつけるように撫でられ続けながら私は、笹谷の長い首に鼻をつけて、眠ってしまった。

それから一ヶ月半、私は笹谷の家で暮らした。

私と、笹谷と、笹谷の友人である私の元彼氏は全員同じ軽音楽部だったのだけど、私たち二人の生活は誰一人にも知られなかった。

合宿も同じ部屋から行って、その二泊三日の間は一言も話さない。複雑な家庭を持つ笹谷の両親はたぶんお金持ちで、長い夏休みなのに笹谷はバイトもしてなかった。私は週に何度か、居酒屋のバイトに行ったり部室に練習しに行ったり。他の部員達は年中やっきになって、次のライブは誰と組むだの何の曲をやるだの椅子取りゲームに必死なのに、笹谷は誘われればまあやるという感じで、練習しといてと言われた曲を数曲、部屋の窓際で弾いて、たまに部室に向かうくらいだった。

日が出ている間、私たちはほとんど普通の友達同士みたいに振る舞った。だけど真夜中、眠る直前。暗くなった部屋でどちらかともなく数ミリでも触れたら、Ｔシャツのままベッドに倒れこむのだった。

笹谷と密着するとき、闇の真ん中ではいつも元彼氏の顔が浮かんでいた。その周りを囲み高く火を舞い上げ踊るように、無言で転がる私たち。そこでの話は日中もしない。一切しない。私たちは夜の記憶をなくす部族のようだった。

一ヶ月が過ぎた頃、どういうわけかふたりで京都に行った。少し遠くならどこでも良かった。普段はベッドの上以外、手をつないだりもしなかったけど新幹線のなか肩をくっつけあって小さい声で話した。

骨々しく長い指が伸びる手のひらの上に、私の短い指をのせて一緒に窓の外を見る。私だけ眠ってしまったようで「つくよ」と髪をなでられ、ベッタリ垂れたよだれをぬぐって起きて、今までいちばん笑い合った。

一泊して、新幹線と地下鉄に乗り、部屋に戻るまで、ずっと手を繋いでいた。一日ぶりに戻った部屋はまだ明るくて、それなのに、その日ははじめて、そのまま重なり倒れ込んだ。

あの夏はなんだったんだろう。ずっと、池の底の泥のように沈んでた。十五年経ち、私は三十五歳の女になった。笹谷はあのあと、彼のことをずっと好きだった子と付き合って、就職のために上京し、地元に戻り、結婚したらしい。

思い切って池に潜り、手をのばし久々にあの夏に触れたらさらさらと澄んで愛しかった。本当にひさしぶりに思い出した。なぜ急に潜ったのかというと、今、目の前に笹谷がいるからだ。

二つ上の先輩が企画して、きまぐれに誘われた二十人ほどが集まった飲み会だった。大人数の飲み会に一切来ないタイプである笹谷が、この日いたことに驚いて、一軒目も二軒目も一言も話せなかった。卒業して以来、誰かの結婚パーティーで数回会ったりはしたけど、こんなに近くにいるのはあの部屋以来だった。

笹谷は髪型も顔もあの頃とほとんど変わってない。若いのに妙な落ち着きがあったけれど、歳を重ねて年相応に落ち着いたいま、一番良い顔になってる気さえする。

三軒目は先輩の友達がやってるダーツバーが貸切で、二人ぐらいの店員さんも一緒に、みんなふらふらダーツをしてる。ダーツに疲れた何人かはソファ席で寝てしまってた。

少し休憩しようと思い、ひとりでカウンターに座りみんなを眺めていると、トイレから出たあとの笹谷がすぐ前を通った。目があった。

「ましろひさしぶり」

〃ましろ〃とは私の本名ではなく、彼の好きな漫画にでてくるサイコパスな忍者かなにかの名前で、私がそれに似ているという話だったと思う。

私の隣に腰掛けようとしながら「水飲む?」と言ってカウンターに向かい、グラス二杯を持って隣に座り直す笹谷。暗い店内に響くＢＧＭのなか、げんき? とか、なにしてるの? とか、当たり障りのない近況を聞く。そんなことあったなあ、と、合宿で酔いつぶれた先輩の話をする。そんなことあったねえ、と、卒業演奏会で会場の壁を蹴って弁償した同期の話をする。

その中に、決してあの夏の話はでてこなくて、そのまま小一時間話して、二時くらいになる。だいぶ眠くなってきて、心臓の音が耳のなかで走っているみたいにドゴドゴ言う。

昔は何を何杯飲んでも顔色を変えなかった笹谷も、酔っているようで、カウンターに肘をついて頬を預け、私のことを真顔でみる。そしてそのまま、表情を変えず、こう言った。

「おぼえてる？」

私は「ん？」と言う。笹谷は目をそらさずはっきりこう言った。

「鹿のこと」と。

私の全身の筋肉がギュウと縮んだ。そうしないと身体が木っ端微塵に分裂しブラックホールかどこかに吸い込まれそうな気がした。

「そっち？」

と、そう口に出してた。

「そっちってあとどっち」と笹谷が笑う。

それは、もう、夏じゅう過ごしたあの部屋の記憶の泥より、ずっと、ずっと、ずっと奥。その泥の奥に手を突っ込んでも届かないくらいの奥の奥。その奥に鉄筋の扉で封じられている、鎖をぐるぐるに巻かれたような、地球の核に直結してるくらいに深い位置に格納してある記憶。この十五年、口に出してないのはもちろん、頭に思い浮かべることもしないようにしてた。


あの夏の終わり。

京都から帰って来て十日くらい経った頃。私たちは深夜、国道を走っていた。片側だけで四車線、合計八車線ある広い道で、両サイドは森というかどこまでも闇。車は時折すれ違うだけだった。

どこに行った帰りかも、はっきりは思い出せない。たぶん、海沿いの、灯台があるような、岩に囲まれた観光スポットあたりに、ドライブに行ったんだと思う。

そうだ。ちいさな食堂で、海鮮丼も食べた。いや、そんなことより、かなり早い段階で、三重県に入ったすぐあたり、高速を降りた下道で、速度違反で私が捕まったんだ。朝早めにレンタカーを借りて、行きは私が運転するって意気込んだのに、八十キロオーバーで、その場で免停になった。だからあの日は、そこからずっと笹谷が運転してくれてた。

私たちは疲れてた。今思えばその夏は、ずっと、たのしくて、苦しくて、疲れてた。

二十三時くらいに国道を走ってた。三重県だったか、和歌山だった気もする。とにかく、わしゃわしゃと無限に続く森に囲まれた広い広い、街灯もまばらな道を、車は走っていた。笹谷は煙草を吸いながら、長い足を押し込めるように狭い運転席でアクセルを踏んでて、私は助手席でうとうと眠りかけてた。

グゴンッ！！！！！！！！！！！！！！！

隕石が落ちたような轟音がして車が大きく揺れた。

その衝撃と「うわっ」という笹谷の声に驚いて、意識より先に声帯が「きゃっ！」と叫んで私は目覚める。ただならぬ事態が起きたという事はわかるのに、時間がとまったような車内に残るのは、気の抜けた叫び声の残響だけ。車にぶつかったのかと思ったけど、目の前にはなにもない。

「え？　……なになに？」

私がきょろきょろしていると、笹谷が運転席から降りた。

「笹谷？」

笹谷を目で追うと、その先には、大きな大きな鹿がいた。それは片足をガクンガクンと引きずりながら、私達から離れるように道路の真ん中に向かっていった。

ああ、あの鹿にぶつかったんだ、とやっと状況を飲み込んだ。息を整えながら外に出た私の視界には、鹿のほうへ走ってく笹谷と、どんどん笹谷から離れてく鹿と、その鹿に迫る反対車線のヘッドライトが同時に見えた。鹿は止まらなくて、笹谷は追いつかない。

どうしていいかわからない私の真横を、高速の車が通り、声にならない叫び声をあげて私は尻餅をつく。

「危ないからなか入って！」と笹谷は叫ぶと、鹿に迫る車に、携帯のライトを大きく振る。気づいた対抗車は速度を落とし、笹谷と鹿を、ゆっくり避けて進む。

笹谷は鹿を安全な森のほうに誘導しようしていた。なのに、笹谷から逃げるように、大きな鹿は対向車線に躍り出ていく。今までまばらだったのに、急に車通りが激しくなったような錯覚さえする。

そのとき、ものすごい速さで迫って来たまた別の車が、誘導される車に猛スピードで割り込み、飛び出す鹿に真横からぶつかる。

グゴンッという轟音と同時に鹿は、人形みたいにびよんっと数メートル、宙を飛ぶ。その間ずっと鳴り響いてた自分の叫び声が目からでてるのかと思うくらい顔全体が痺れる。

ズゴ、っという音で鹿は道路に叩きつけられる。またガクガクと立ち上がり、さっきより大きく揺れながら前足をあげ駆け出す。

必死に追いつこうとする笹谷。

また進路を変えて飛ぶように走る鹿。

対向車を遮ろうとする笹谷、混乱してるのか頭をグランと回しぐらぐらと走る鹿に、真っ正面からグガンッとぶつかる別の車。ひときわ高く浮き上がった鹿は一度ボンネットに乗り、ぶんと振り落とされ、ドスンと地上に落ちる。直後、また別の車が弾き飛ばす。鹿にぶつかった車たちは一瞬止まるけど、みんなすぐに走り去る。

最後にまた正面から轢かれ飛ばされ、濁った「あー」と震える「やーー……」とブレーキ音と引きずる音と衝突音と骨が砕けるような音は、夜の森に、均等に響く。

ダランと動かなくなったそれの前で笹谷はしばらく立ち尽くしたあと、森の奥に動かそうとしていた。

私はそれを見ていられなかった。かなりの時間が経った気がするし、すこしの時間だった気もする。

私のほうに戻って来た笹谷は聞き取れないくらい弱い声で「ごめん」と言いながら、私を頭から覆う。首を振るしかできなかった。息を整えながら「警察呼んだから」と笹谷が言う。

「警察……？」とつぶやく私に「あのままに、しておけないから」と笹谷が言う。

しばらくして、危ないからと私たちは発煙筒をたいて車内で待つ。

どれだけ待ったんだろう、サイレンの音が聞こえてきた。

私たちの簡単な事情聴取はおわり、パトカーの後ろにくっつきながら、そうだ、和歌山、和歌山だった。和歌山県警に行く。それで、「器物破損」にまつわる書類に個人情報を書き込む。私たちが破損させてしまったあの、茶色い模様に包まれた、脚の長い、丸くて黒い目の「器物」は、このあとどうなるのか、私たちは聞けない。若い警察官から最後、私たちの関係性について「恋人同士……？」と聞かれたとき、ぼうっとしていた私と、その隣で背中を曲げて座る笹谷は、同時に「はい」と呟いてた。

レンタカーのバンパーはぼこっとへこんでいて、でも運転に支障はなく、そのまま名古屋に帰る。笹井の家より私の実家の方が近くて、実家に下ろしてもらう。

笹谷は、「そのほうがいい」と言った。

それ以来、笹谷の部屋には一度も行ってない。どちらからも、メールもしなかった。ふたりきりになったこともない。私の荷物は少し残っていたと思うけど、どうなったかわからない。

あの夏、私のあの夏は、笹谷を巻き添えにして、大きな大きな鹿を殺しただけの夏。

「あの夜からさ」

笹谷、まぶたの幅が広がった気がする。垂れる肉もなさそうな笹谷も重力で少しずつ変化してくんだ。二重が強まってみえる。

私から視線を離さないまま、長い指を、髪の毛に絡ませながら笹谷が続ける。

「不幸をあつめてる」

「え？　なんて？」

笹谷はため息と一緒に、悲しく笑った。

「だから、不幸をあつめてる」

「どういうこと？」

「あの日……」

警察署に向かいながら、前を睨むようにハンドルを握り、ずっと無言だった笹谷の横顔が浮かぶ。無言だったけど、左手でずっと私の手を握ってくれてた。煙草も吸わないで。

「あの日、あの鹿は、たぶんただのゴミみたいに扱われて処理されたんだろうけど、あの何分かのあいだに不幸がいくつも起こった、というか、俺が起こしたんだけど」

「ちがう、ちがうけど、それで？」

「いや、何言ってるかわかんないと思うんだけどさ、俺はあのあと、大学卒業して就職して、いいことが少しづつ、起こりそうな気がしてた。なんていうか、いわゆる幸せ、みたいなものが集まっていきそうな気がした。やりがいとか、生きがいとか、そういうこと。なんだけど、入社して何ヶ月か経って、酔っ払って、タクシーで首都高走ってるとき。外見てたら、あの鹿の目が、浮かんでた。丸くて黒くて光ってる目が。そうしたら俺、俺は、なにしてるんだろうって急に、虚しくなってた。いや本当は、あの鹿が死んだ日から、ずっと見ないようにしてただけだった。だけど、もう、なんだろうな、そのときには、見ないわけにはいかなくなってた」

低く滑らかな笹谷の声は、私の胸の真ん中にある落とし穴みたいな何かを、だんだん、だんだん、広げてく。

「それで、とにかく。幸福をあつめることは、なんてつまらなくて、体温のないことなんだと思うようになってた」

いえええええええええええええええいと、ダーツ大好きな先輩が遠くで叫んでる。

「不幸を集めてる。それが正しいわけでもないと思う。でもごめん、もう少し。もう一つ、気づいたことがあって」

私は声がでなくて、ただ頷く。

「人はさ、幸せになろうとするじゃない。いかに幸せになるか、そこに頭をつかって、いかにそれを手に入れるか、考える。で、幸せっていうカテゴリーに〝えい〟って入ったら、その椅子を逃さないように、必死で席を守る。それで、必死なのに、ニコニコと幸せですって顔をする」

カウンターはすごく暗い。笹谷はたぶん相当酔ってる。私はもう相槌も打たず、動けない。

「それで気づいたんだけど、すごく、ばかみたいな言い方だけど」

笹谷の視線は、私を貫通して遠くを見てる。

「あのさ、幸福なんてどうでもよくて、『どんな不幸を許容するか』っていうことが、生きることな気がする」

「どんな不幸を許容するか」

私は、繰り返していた。

「俺も、ましろも、不幸だと思うんだ」

「笹谷も、私も、不幸」

「そう。確実に不幸。それで、とにかく俺たちは、人間は、生き物は、鹿も含めて、生き物は基本的に不幸で。それで、不幸に抗うこともちろんあるけど、でもその不幸のなかで、『どれを許容するか』で、その個体らしさが、残るんじゃないかって」

「だめだ気持ち悪い」そう言って笹谷は急に立ち上がり、ふらつく彼に気づいた先輩が、急いでトイレに連れて行く。

夫からのラインが何件かきてた。

その日、三時半に帰宅して寝室をあけると暗闇の中、スマホの光を顔面に浴びる夫が起きていて、おいでという。夫とセックスするたびに、虚しくなることに気づいてた。愛のようなものが、ないわけではない気もする。ただ、ほとんど作業のように積み重なる時間が、苦しい。

「愛されたい」といえば陳腐だけど、最中にいつも「好きな人としたいなあ」っていう心の声を何年も無視してた。そんなことよりセックスレスじゃない事が重要で、幸福のビンゴが揃うように私は必死だった。

子供達の寝息が聞こえる。夫の荒い息が聞こえる。

あの夏の、はじまり。

何度呼んでも振り向かず、エンジン音とともに去っていこうとする彼氏を追いかけて私は、道路の縁石に足を取られた。滲んだ視界を揺らしながら転び、くるぶしにヒビを入れてしまってたらしい。笹谷と暮らす間、痛みなんてずっと消えてた。身体なんていうのは、そんなにも曖昧で、都合の良いものなのかもしれない。

私の上で揺れる七十八キロの、向こう側の天井を見つめる。笹谷の声が響く。不幸だと思うんだ。みんな不幸。ましろも不幸。それで、どんな不幸を許容するかに、その個体らしさが残る。

大きく大きく黒々とひかる、あの丸い目が、私と笹谷の目の前にいる。しだいに、指先もこめかみも腰も、体の輪郭が溶けていく。肉体が軽くなった気さえする。じきに朝がくる。

そうしたらきっと、血しぶきのような赤を、浴びて私の日常は続く。

（編集　中島洋一）

おもしろマンガ「あいつはラガー」 by Aso Kamo

第2話　　パス

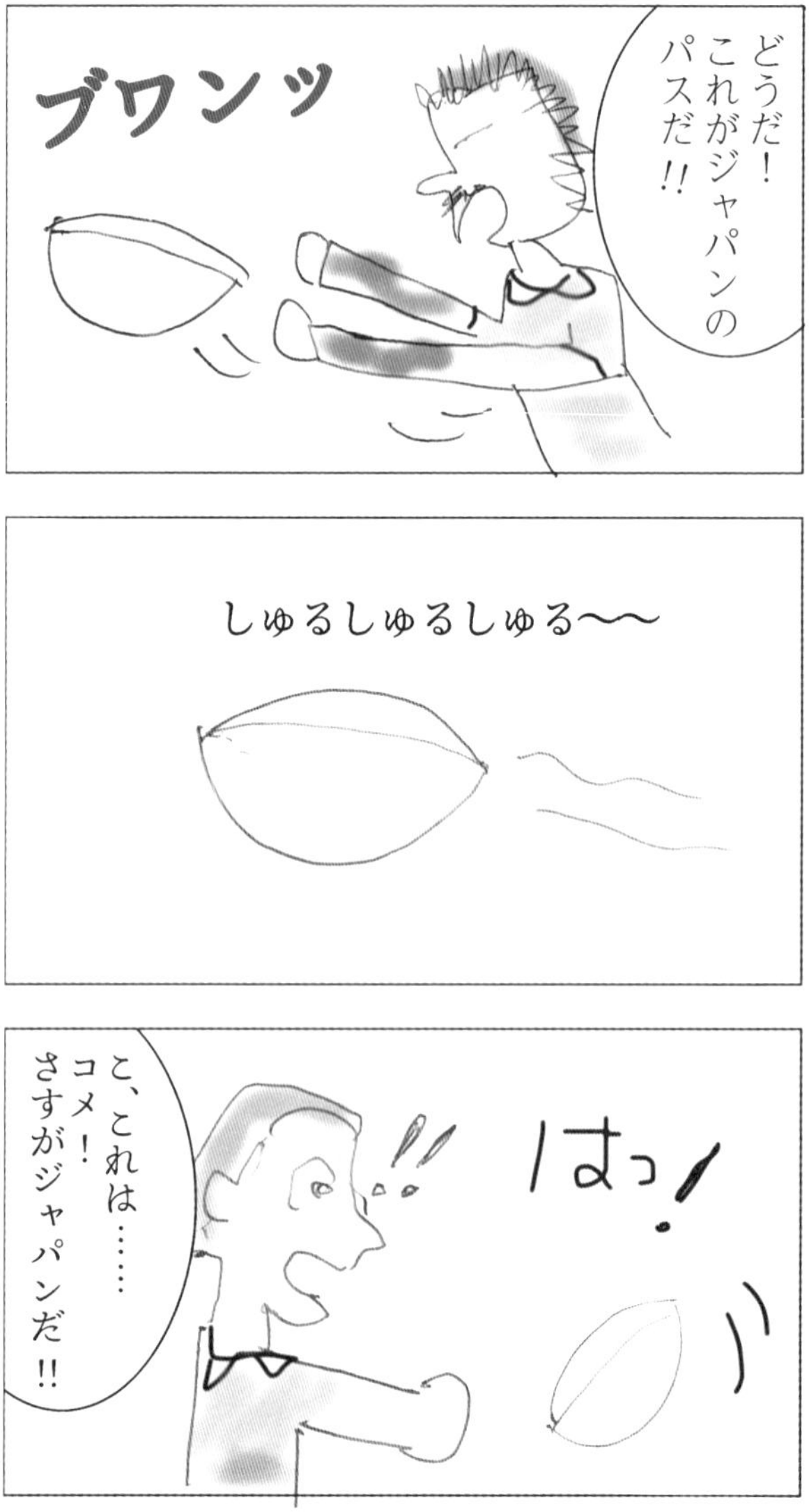

ホイッスル

浅生　鴨

夏の日差しに白く霞んだグランドの隅で、亮太はこっそり水を口に含んだ。

右手では水飲み場の蛇口を差し込んだホースの端をしっかりと握りしめている。少しでも力を緩めれば水圧に負けたホースはあっという間に蛇口から外れて、辺り一面を濡らすだろう。とはいえ、真夏の水飲み場が濡れること自体は何ということもない。

問題は、ホースが外れると今まさにチームメイトがグランドに撒いている水が止まってしまうことで、そうなると先輩たちからどんな目に合わされるかはわかったものじゃなかった。

「水撒きのときには絶対にホースを外すな」と、先輩からはきつく言われているから蛇口のところでホースをしっかりと握り続ける役目は、サッカー部の一年生にとってはかなり責任重大な任務で、みんな避けたがっていた。

けれども亮太は強い日差しを受けながら水を撒くよりも、こうして指先が真っ白になるまで強くホースの根元を握り続けているほうが自分の好みに合っていると思っている。

チーム競技をやっているくせに一人でいることが好きなのだ。

ホイッスルの音が聞こえて亮太は顔をグランドに向けた。向こう端にあるクラブハウスの横では、練習を終えた陸上部の連中がだらだらと座り込んでいる。

フェンスの外では小さな街が夏に染まっていた。夏の海と夏の空が溶け合っていた。

全身に力を入れてずっとホースを握っているとだんだん手の感覚がなくなってくるのだけれども、それは自分がちゃんと責任を果たしている証のような気がして、不思議と心地よかった。

セミの鳴き声が幾重にもなって夏を包み込んでいく。その合間を縫うようにして、ときおり野球部の金属バットがキンと高い音を響かせていた。

グランドではレギュラーメンバーと補欠組の紅白戦が始まっていた。当然決勝まで行くと思われていた春の県大会を初戦で惨敗したあとも、先輩たちは誰一人辞めることなく残っている。進学だの勉強だのという言葉には縁がないのだ。

「亮太、元気?」

声ですぐにわかった。後ろから声をかけてきたのはテニス部の丸岡さんだった。

「うん」顔を動かさず、口もほとんど動かさず、亮太はそれだけを答える。

ゴールデンウィーク明けに良太から告白したときには、あっさり振ったくせに、なぜかそのあとも気軽に話しかけてくるものだから、亮太としてはどう対応すればいいのかよくわからずにいる。

本音を言えば丸岡さんと話したいのだけれども、今は部活の最中で、歯を見せただけでも怒られるのに女子と話せるわけがない。どうしてこのタイミングで話しかけてくるのか。文字どおり手が離せないことくらい見ればわかるだろう。

それに本村が見ている。

もともと丸岡さんのことを好きだと言ったのは本村で、それを聞くまで亮太はたいして意識していなかったのに、なぜかそのあと急に丸岡さんのことが気になり始めて、結局は本村に黙って先に告白したのだった。それ以来、本村とは必要なこと以外ほとんど口を聞いていない。

「好きならすぐに告白すればいいのに、しなかったほうが悪いだろ。センターバックのくせにあいつは押しが弱いんだよ」亮太は他のチームメイトにそう言ったものの、あまり気分は良くない。

ゴールデンウィーク中に本村から二回ほど電話があったのだけれども亮太は二回とも無視していた。

今、ホースを持ってサイドラインのあたりに水を巻いているのがその本村だ。

とにかく丸岡さんとうっかり話してホースを握る手を緩めるわけにはいかないのだ。

「女はいつも試してくるんだよ。許してやれ」

サッカー部の中でいちばん女子に人気のある三年生の安元さんはそう言うけれど、亮太としては何を試されているのかまるでわからないし、自分が振った相手に話しかける丸岡さんの思惑はさらにわからない。これまでずっと名字で呼んでいたのに、どうして急に亮太と呼び始めたのかもわからない。振ったくせに、わざわざ下の名前で呼ぶくらいだから、やっぱり俺のことが好きになったのだろうか。

丸岡さんは亮太のあとに慌てて告白した本村も振っているけれど、あれは俺に気を遣ったんだろうか。

「無理すんなよ、亮太」丸岡さんの手が亮太の肩に触れた。

バシッ。

その瞬間、くすぐったいような、気持ち良いような、不思議な電気が亮太の体の芯を走った。指先から力が抜けていく。

本村がじっとこちらを見ていた。これはちがうんだ。亮太は手を振って否定しようとした。

「あっ」ホースが蛇口から外れ、空中を舞った。蛇口から勢いよく放たれる水流が大きなアーチを描いて地面で跳ね返る。

急いでホースの端を捕まえようと亮太は体の向きを変え、足を一歩踏み出そうとした。

ぐらり。

それまでずっと全身の筋肉を強張らせていたせいか、足元がふらついた。よろけながら、後ろに立っていた丸岡さんにぶつかりそうになる。

「ああ、ごめん」

体が触れかけた瞬間、亮太は思わず目を閉じた。これはチャンスじゃないのか。この勢いで抱きついてもいいいんじゃないか。そんな考えが頭をよぎった。

ふらつく足が一歩二歩と前へ進み、ぶつかることを予想して力を入れた体は、ところが何にもぶつかることなく、すっとその場を通り過ぎた。

ピーッ。

紅白戦のホイッスルが耳に届く。

「え」亮太は目を開けた。

誰もいない。いるはずの場所に丸岡さんがいない。

「なんだこれ」亮太は周りを見回した。さっきまで真っ青だった夏の空が薄暗い紫色に変わっている。空そのものの色が変わっていた。

消えたのは丸岡さんだけではない。グランドを囲んで声を出していたはずの一年生たちも、水飲み場に集まっていたテニスの連中も、もちろん紅白戦をやっている最中の先輩たちも、みんな消えていた。誰一人いない。空っぽのグランド。

静かだ。ふとそう思って何も音がしないことに亮太は気づいた。うるさいほど鳴いていた蝉の声も高速道路を走るトラックの軋みも、第二グランドから聞こえていた野球部の掛け声やバットの金属音も、全てが消えていた。

蛇口から宙に向かって放たれた水が、音もなく放物線を描き続けている。

紫色の空の下では、木々が不自然なまでに濃い緑に染まっていた。遠くの海に浮かんでいた船も見当たらない。

世界が止まっていた。動いているのは亮太と蛇口から噴き出す水だけだ。

亮太はしばらくその場から一歩も動くことができなかった。寒かった。背中に冷たい風が吹きつけてくるようだった。口元が震えて歯がガチガチと音を立てる。

「ホースをつながなきゃ」

地面に転がっているホースの端を手に取り、這うようにして水飲み場へ戻った。

もう誰もグランドにいないのに、水を撒いている本村もいないのに、それどころか照りつける夏の日差しすらないのに、亮太はホースをつなごうとしている。

パニックなのだと自分でもわかっていた。必要のないことだとわかっていた。それなのに止められない。他に何もできないのだ。何かやっていなければおかしくなってしまいそうだ。

止まった世界が動き出す気配はない。なんだか亮太一人だけ世界から飛び出してしまったようだった。

蛇口に指をかけた。グイとひねって水を止めかけたところで、亮太はふと思いとどまった。いまここで動いているのは亮太と水だけなのだ。もしこの水を止めてしまったら。一度止めた水がもう二度と動かなくなったら。

涙が落ちてきた。蛇口から噴き出す水しぶきが無音のまま顔にかかって涙と混ざる。

ふと妙な気配を感じて亮太はグランドを見た。

「あ」

クラブハウスの前に消えたみんなが並んでいた。チームメイトも先輩たちも陸上部やテニス部の連中も。誰もがじっとその場に立ったまま動かない。みんな顔をこちらへ向けているものの、亮太を見ているわけではなさそうだった。遠くて見えづらいけれども、その顔にはまるで表情がないように思えた。マネキンが並んでいるようだった。

並んでいる人の端で誰かが動いた。

あれは、本村だ。

本村は片手にホースを、もう一方の手には紅白戦に使うホイッスルを持っていた。みんなと同じように顔には何の表情も浮かべないまま、ゆっくりと腕をあげてホイッスルを口にくわえる。本村の周辺の空気が一瞬ぼわんと歪んだように見えた。

ピーッ。

それまで聞いたことのない高い音が鳴り響いた。凄まじい音量だった。耳の内側を叩かれたような衝撃が走って頭が割れそうになる。両手で強く耳を塞いでも音量はまったく変わらなかった。ホイッスルの音は亮太の耳の内側で鳴っている。頭の中で鳴っている。

「うるさい。うるさいんだよ」

亮太は遠くの本村を睨みつけたが、本村には見えていないようだった。

ピーーー。

耳をつんざく高音はいつまでも鳴り止まなかった。「やめろやめてくれ」亮太は大声で叫んだが、その声はホイッスルの音にかき消されてしまう。

亮太の背後では音に共鳴した校舎がビリビリと震えていた。街の景色も海と空の境目もしだいに振動を始める。止まったままの世界が激しく揺れ始める。

「本村ああああ」もう一度叫んだ。それでも本村はずっとホイッスルをくわえている。なんとか近づいてこの音をやめさせたい。本村のいるほうへ一歩進めようとした亮太の足が滑った。さっきから噴き出し続けている蛇口の水が、水飲み場の地面に大きな水たまりをつくっていた。

亮太は左手に持ったホースに目をやった。反対側の端は本村が持っている。

「ああ」亮太は声にならない声を出した。一本のホースのこちら側には亮太。向こう側に本村がいる。

ふいに本村が大きくなり始めた。亮太の視界の中で上下左右にどんどん広がって、やがて本村しか見えなくなった。

表情の消えた本村の顔。その目がギロと亮太を見た。

ピーー。

ホイッスルの音が増えた。二つの高音が絡み合って空気を揺らす。

ピーー。

「もうやめてくれ頼むやめてくれ」

勢いよく噴き出す水流に手を突っ込むようにして亮太はどうにかホースの端に蛇口を挿し込んだ。

ビクン。ビクン。

ホースが波打つ。生き物が苦しみもがいているかのように、ホースが地面の上で激しく波打つ。跳ね回る。波がどんどん伝わっていく。

そして。

グランドの中央に伸びたホースが動き回り、やがて本村が手にしているホースから。

ぶしゃああ。

空へ向かって水が勢いよく噴き出した。噴き出した水は空高く舞い上がってどこまでも広がり、やがて豪雨となってグランドに、水飲み場に、校舎に、街に滝のように降り注ぐ。

目の前を落ちていく水流のほかには、もう何も見えない。グランドの向こう側どころか一メートル前さえはっきりとは見えなかった。降り注ぐ豪雨はますます激しくなり、呼吸することさえ難しくなってきた。下を向いて何とか空気を確保する。耳を塞ぎ目を閉じ、ただ息をするだけ。それで精一杯だった。

どれほどそうやっていたのだろうか。しばらくして亮太は雨が止んでいることに気づいた。ホイッスルの音も止まっていた。あの音が消えるだけでずいぶん楽になる。

亮太にはもうわかっていた。ホイッスルが鳴るのには理由があるのだ。もうこれ以上、ホイッスルを吹かれるのは嫌だった。

大きな溜息をついて顔を上げようとした瞬間、亮太は足がふらついて転びそうになった。

どん。

前から胸を強く押されて亮太は大きくのけ反った。

「もう、気をつけてよね」

押したのは丸岡さんだった。

「うん、わかってる」

もう一度告白しよう。亮太はうなずいた。

ピーッ。

またホイッスルの音が聞こえて、亮太は首をブルっと震わせた。そうしてゆっくりグランドのほうを振り返る。

先輩たちの紅白戦が続いていた。サイドラインのそばに落ちたホースの先からは勢いよく水が流れ出ている。

そこに本村の姿はなかった。グランドの土の上にできた大きな水溜まりには空が映っている。夏が映っている。

本村の姿はどこにもなかった。

すこしは写真《しゃしん》の話《はなし》を

幡野広志《はたのひろし》

子《こ》どもは親《おや》のことを気《き》にせずに、子どもの人生《じんせい》を好《す》きなように生《い》きてほしい。

そうおもっているから、お父《とう》さんは君《きみ》に写真のことを教《おし》えようとはあまりおもいません。

お父さんは写真家《しゃしんか》をしていました、でもそんなに珍《めずら》しい存在《そんざい》ではありません。きっと学校《がっこう》の遠足《えんそく》や運動会《うんどうかい》にもカメラを持《も》ったおじさんがいたでしょ、あの人《ひと》たちとやってることはそんなに変《か》わりません、写真を撮《と》ってお金《かね》を稼《かせ》ぐという仕事《しごと》であり、一《ひと》つの生き方《かた》です。

お父さんが写真をはじめたのは父さんのお父さんが写真を趣味《しゅみ》でやっていたので家《うち》にカメラや機材《きざい》があって、それを子どもの頃《ころ》におもちゃがわりに遊《あそ》んでいたことが最初《さいしょ》のきっかけだとおもいます。人生というのは、なにがきっかけで転機《てんき》になるのかわかりません。お父さんは大人《おとな》だけど本当《ほんとう》にいまでもさっぱりわかりません。

だからこそ君にはたくさんのきっかけを知《し》ってほしくて、そのたくさんの中《なか》から好きなことを見《み》つけてほしいです。好きなように生きるには、まずは好きなことを見つけないと。


これを読《よ》んでいる君がいま何歳《なんさい》なのかわからないけど、これを書《か》いているいまの君は三歳《さんさい》です。よくお父さんのカメラをおもちゃにして遊んでいます、ちょっと親バカっぽいけど、素直《すなお》ないい写真を撮るなぁとおもいます。そして写真を撮るときの目《め》が、すこしお父さんと似《に》ています。

写真のことを教えたくないとおもっているけど、たぶんもうお父さんは君にきっかけをつくってしまったとおもいます。もしかしたらいつか写真をはじめるかもしれないので、写真家の父親《ちちおや》らしく、すこしは写真の話を君に伝《つた》えておこうとおもいます。

お父さんが写真を撮ることで大切《たいせつ》にしていることの話です。

でも、これを絶対《ぜったい》だと信《しん》じちゃダメだよ、それはただの鵜呑《うの》みと思考停止《しこうていし》だからね。話半分《はんぶん》ぐらいで聞《き》いてね、それは時代《じだい》がすぐに変《か》わるからです。時代が進《すす》んで新《あたら》しい技術《ぎじゅつ》ができれば、考《かんが》え方《かた》もそれに合《あ》わせてアップデートする必要《ひつよう》があります。半分くらいは信じて、半分は時代に合わせて自分《じぶん》で考えてください。

写真を撮る上《うえ》で絶対に必要なものがカメラです。

カメラはなにがいいんですか？ってお父さんは質問《しつもん》されたとき「カメラなんてなんでもいいんですよ。」って答《こた》えています。半分は本当で、半分はウソです。ウソというか、ワザといっていないことがあります。カメラがないと写真が撮れないのだから、カメラ選《えら》びってすごく重要《じゅうよう》です。なんで半分をワザといわないかというと、半分は自分で考えてほしいからです。

失敗《しっぱい》をしたくないという人がおおくて、答えや正解《せいかい》を求《もと》めようとするんだけど、カメラ選びと人生で大切なことは失敗をすることと、自分で考えて答えを見つけるということです。もしも失敗したら買《か》いかえればいいだけです。

写真をはじめる人が悩《なや》んでいると「なにを撮りたいですか？」って被写体《ひしゃたい》に合《あ》わせてカメラを勧《すす》めようと店員《てんいん》さんが聞いてくるんだけど、なにを撮るかなんてわかんないよね。

「いろいろです。」としか答えようがないとおもうんです。

お父さんだっていまでも店員さんに聞かれたら「いろいろです。」って答えるよ。

被写体に合わせてカメラを選ぶのではなく、自分のライフスタイルに合わせることが大切です。

写真を撮ってすぐにSNSへアップしたいなら性能《せいのう》のいいカメラのついたスマホがいいです。なんとなく写真が撮りたいなら機能《きのう》のすくない軽《かる》くてコンパクトなカメラがいいです。しっかりと写真を撮りたいならプロが使《つか》うような機能のおおい一眼《いちがん》レフがいいです。

お父さんの使っているカメラをマネしちゃう人もじつはけっこういるんです、お父さんは自分のライフスタイルに合わせたカメラを選んでいるけど、マネをした人のライフスタイルに合うとはかぎらないから、お父さんはあまりいいことだとはおもいません。

でも、誰《だれ》かのカメラをマネするのもじつは一つの正解です。好きな人だったり憧《あこが》れる人のカメラのマネすることで、カメラをもつことがたのしくなれば、それだけで写真を撮るようになるからです。

写真を趣味ではじめてすぐにやめてしまう人って、カメラが重《おも》かったり、ちょっとした面倒《めんどう》なことで写真を撮らなくなってやめてしまうんです。逆《ぎゃく》にちょっとした好きなことがあるだけで撮ることが続《つづ》いたりもします。

だから好きなカメラをもつことって性能よりも大切だし、好きなストラップをつかうことも大切です。カメラをカバンにしまったり、レンズキャップがついているという、ほんの小《ちい》さな手間《てま》がちょっとした面倒になって写真を撮らなくなってしまうんです、だからできればカメラはいつも肩《かた》からぶらさげていましょう、保護用《ほごよう》のフィルターを付《つ》けていればレンズキャップをする必要もありません。

カメラは最新《さいしん》のモデルを選べば大丈夫《だいじょうぶ》です。でも十年前《じゅうねんまえ》の中古《ちゅうこ》のカメラでも写真は撮れます。お父さんが初《はじ》めておおきな写真の賞《しょう》をもらったときに使っていたカメラはいまから十年以上《いじょう》前のモデルで、中古のカメラ屋《や》さんで一万円《まんえん》ぐらいで売《う》ってます。

最新の高《たか》いカメラだからいい写真が撮れるわけでも、古《ふる》くて安《やす》いカメラだからダメというわけでもありません。カメラは一定水準《いっていすいじゅん》のレベルを超《こ》えていれば、お父さんはなんでもいいです。一万円のカメラでも百万《ひゃくまん》円のカメラでもお父さんは、お父さんの写真が撮れます。

それはいいレンズを使うからです、カメラよりもこだわらないといけないのがレンズです。お父さんはたくさんのレンズを持ってますが、生涯《しょうがい》でいちばん多《おお》く使ったレンズは35ミリと50ミリのレンズです。どちらもズームレンズではなく、単焦点《たんしょうてん》レンズです。

極端《きょくたん》に短《みじか》いレンズも、極端に長《なが》いレンズも日常的《にちじょうてき》にはあまり使いません。極端なレンズは写真も極端になり不自然《ふしぜん》になります。35ミリと50ミリあたりが自然《しぜん》です。

お父さんは肉眼《にくがん》で見たことを写真で再現《さいげん》するのが好きです。自分の手《て》のひらのシワをよくみてください、細かいシワがたくさんありますよね。でもそのシワを見ようとすればするほど、手の後《うし》ろの背景《はいけい》にあるものがボケて見えませんか？　人間《にんげん》の目《め》ってとてもピントが浅《あさ》いんです。そして人間の目は左右《さゆう》についています、だから横長《よこなが》の視野《しや》なんです。

お父さんは写真を縦《たて》で撮ることはほとんどありません、横でとってピントも浅く撮っています。肉眼の再現が好きだからです。もちろん肉眼で見えない世界《せかい》を写真で表現《ひょうげん》することも、一つの方法《ほうほう》です。大切なのは自分なりの美学《びがく》をもつことです。

被写体を探《さが》してなにを撮るかなんて考えなくていいです、目についた好きなものを撮ればいい。見た瞬間《しゅんかん》に「わぁーーー。」っておもったら写真を撮ればいい。

朝起《あさお》きたら雪《ゆき》が積《つ》もって街《まち》が真《ま》っ白《しろ》になっていたとか、美味《おい》しいご飯《はん》を食《た》べたときとか、知らない街を歩《ある》いていて大《おお》きな交差点《こうさてん》にきたときとか、友達《ともだち》と遊んでいてたのしいときとか、好きな人と一緒《いっしょ》にいてドキドキしているときとか。

そういう「わぁーーー。」って瞬間にシャッターを押《お》すんだ、それが感動《かんどう》をしている瞬間だから。だから被写体を探すのではなくて、感動に気《き》づくアンテナがとても大切なんだ。


写真というのは撮影した人の感情《かんじょう》がこめられていて、何年《なんねん》かたって見返《みかえ》してみても鮮明《せんめい》にその当時《とうじ》の感情を思《おも》い出《だ》します。そして人は好きなものだけを撮るものなんです、わざわざ嫌《きら》いなものを撮らないんだ、だって嫌いなことなんて忘《わす》れたいでしょ。

君もスマホで保存《ほぞん》してる写真をみてください、好きなものしか撮ってないでしょ。くだらないものしか撮ってないとおもうのは間違《まちが》いだ、それがいまの君の好きなものなんだ、わざわざ自分でくだらないなんておもわなくていい。好きなものを他人《たにん》からどんなに否定《ひてい》されようが、バカにされようが自分が好きならそれでいいんだ。

写真というのは、たくさんの好きを重《かさ》ねることが大切です。好きなカメラとレンズで撮る、好きな時間帯《じかんたい》に撮る、好きな天気《てんき》の日《ひ》に撮る、好きな場所《ばしょ》で撮る、好きな被写体を撮る。たくさんの好きを積み重ねると、自然と好きな写真ができるんだ。上手《うま》いとか下手《へた》とか、そんなことは気にしないで、誰かに評価《ひょうか》されなくても、自分の好きを大切にしてください。

誰かの評価を気にした写真や、誰かの好きをマネした写真を撮っていると、その写真が評価されたときに虚《むな》しくなるだけだ。本当の自分の好きを大切にしてください。

自分の好きを見つけるには、写真以外にたくさんのことを知らなければいけません。美味しい料理《りょうり》を食べることも、マズい料理を食べることも大切です。音楽《おんがく》をきいたり、映画《えいが》をみたり、本《ほん》を読んだり、ネットをすることも、テレビをみることも、ゲームをすることも、誰かの言葉《ことば》にふれたり、たくさんの感動をして、自分が何を好きなのかを知ることが大切です。

お父さんは人生のおおくの時間《じかん》を写真に費《つい》やしました、だからとてもたのしい人生です。

でもすこしだけ後悔《こうかい》があるとすれば、たくさんの素晴《すば》らしい光景《こうけい》を狭《せま》いファインダーごしに見すぎたことです。君が産《う》まれた瞬間もお父さんはファインダーごしに見ていました。

大切な瞬間の光景と感情を記録《きろく》すること、それが写真です。

でも本当に大切な瞬間はファインダーごしではなく肉眼でしっかり見るべきでした。

写真家にとってカメラというのは体《からだ》の一部《いちぶ》のようなものですが、ときにカメラというのは邪魔《じゃま》な存在にもなります。だから肉眼でしっかりみることも忘れないでね。

写真の話は教えたくないとおもっていましたが、写真というのは人生を好きに生きることと似ているんです。

好きなように生きてください、お父さんは君の撮る写真が好きです。

漢字ができるまで
ガンバレー!
①
まだやれる!
②
よし!
③
あぁっ…
④
おお!!
⑤
立
へぇ〜
こうして「立っ」という漢字は生まれたのじゃ

クロースアップ・エッセイ

永田泰大

「主人公」

みなさんは、パソコンのキーボードで日本語を入力するとき、「ローマ字」で入力してます？それとも「かな式」？　ぼくは「ローマ字」で入力してます。だから「入力」とタイピングする場合は、「nyuuryoku」と打ってるわけです。

で、タイピングするとき、簡単なことばと難しいことばとありますよね。「ことば」なんてのは、「kotoba」ですから、キーボードの真ん中あたりに配置された、比較的、打ちやすいキーが、右手側と左手側にバランスよく出てきて、わりと簡単ですよね。逆に「我々」なんていうのは「wareware」と、左手の上のほうにキーが集中していて、たいへん入力しづらい。

あと、「難なく」みたいなことばだと、「n」を正しい数だけ重ねなきゃいけないからけっこう面倒ください。それから「プロデューサー」なんていうのも「デュ」のあたりのローマ字にあんまり馴染みがないので、これまたタイピングしづらいですね。

そんななかで、タイピングしていて気持ちのいいことばというものもあると思うんですね。なんかこう、タイピングしていて、気持ちがいい。心地がいい。あ、もちろん個人的な話ですけどね。

ぼくにとって気持ちがいいことばは、「主人公」です。つづりでいうと「syujinnkou」。ああ、いまこうして2回打っただけでもうっとりです。主人公、主人公。ああ、4回もタイピングしてしまった。

これね、じつは、最初の「s」以外は全部右手で打つので、バランスとしてはそんなによくないんです。でも、そのいびつさが、逆に気持ちいい。

具体的に、順を追って説明しましょう。

まず、ことばのはじまりに、まるで墨をたっぷり含んだ筆を半紙の上に落とすが如く、左手の薬指で「s」と打つわけです。熟練した識者がタクトを上げてコンサートマスターに合図を送るがごとく、左手の薬指で「s」と。

それを合図に右手の人差し指が動きだし、瞬時に「y」をとらえます。まるで忠実な猟犬がブッシュの鴨を追いたてるように。

そしてそのとき、右手の中指は、「y」を選挙する右手人差し指のスリップストリームにぴったりと寄り添っているのです。人差し指が「y」を打った直後、右手人差し指のスリップストリームから飛び出した右手中指はタップのリズムを刻むように「u」を痛打。ここにおいて右手人差し指は自分の陰から飛び出した右手中指に出し抜かれる形になったように見えますが、さにあらず、失速したかに見えた右手人差し指は手首の側へ戻りながら「j」を陥れているのです。

以上の4つのタイピングにより、右手全体の大きな動きとして右側へ並行に移動しますが、その動きを自然に受け入れさえすれば、さきほど「u」を打った右手中指は「i」の上空あたりにあるはずです。むろん、右手中指はそこへ舞い降りるべきですが、決して、とどまるべきではありません。「i」を狙う猛禽類は、その場所で獲物をつかんだらすぐまた大空へと戻っていく。動きとしてはまるで地面を蹴るように。あるいは、100メートルを泳ぐスイマーが50メートルのターンでジャストタイミングのキックを決めるように。

　すなわち、「i」を打ったあと、指は軽く折り曲げられ、再び数ミリ上空へ戻る。

　思えば、ここまで、右手は、「u」から「i」までキーボード上を等速直線的に右へスライドしてきた。それはある意味で気持ちのよい旅だったが、人々の記憶に思い出が刻まれるためには、ある種の事件が必要である。

　つぎの目的地に指定された「n」は、いうなれば終章への鐘を鳴らす甘美なアクシデント。右手人差し指の安全で等速な直線の旅は終わり、ぐいと呼び戻されてその爪は宙を鋭角に切り裂く。

　そう、いまや、場は乱されたのだ。

　懸命に「n」を打った右手人差し指は代償として体勢を崩している。まるでライン外に落ちようとするルーズボールを追って飛び、それをつかんでフィールド内に投げ込んだあと倒れ込む全盛期のアレン・アイバーソンのように。

　右手人差し指の不在。彼にシンクロナイズしてきた右手中指がその窮地に反応しないことがあろうか。場を託された右手中指は不格好なステップを厭わず踏み、「k」を打つだろう。そして、右手中指は落ち着いている。

　順番でいえばつぎは右手人差し指の番である。が、彼の身はラインの外にある。鋭角に「n」を打つとは、それだけの犠牲をともなうスーパープレイであった。

　述べたように、不格好に「k」を打ったあとの右手中指は落ち着いている。なぜならすでに彼は「o」を見ている。「k」付近で生じた彼のステップの乱れは、「o」へ至る必然だった。右手中指は「o」のキーの真ん真ん中を射貫く。偶然ではない。完全なセンターを彼は狙ったのだ。

打った右手中指が真上へ跳ね上がるとき、右手人差し指はすでにコート中央へ戻っている。戻っているだけではない。虎視眈々と狙っている。否、確信している。

衆目が、真上へ跳ねた右手中指に気を取られた刹那、右手人差し指はすでに「u」を駆け抜けている。

ああ、そして駆け抜けたあとの指先の軌道よ。まるでそれはオーラスで大逆転への仕掛けに動いた「哭きの竜」のごとく、視界をうっすらとななめに裂いて美しくたわむ。先端が指し示すのは彼方の地平線か、紫の煙か。

クライマックスはすでに終わったといえる。だが、終盤にある種のどんでん返しがない限り、観客はカタルシスを感じない。

右手人差し指が「u」を打ち、地平線へ向けて駆け抜けようとするとき、手のひらは返ることになる。逆シングルでライナーを捕るショートストップのグラブのように、その手のひらはやや性急な角度で翻り、具体的には小指側を上にして手首がひねられることになる。

すると親指は地に向けて立てられる。いうなればそれは大いなる支点。接地する場所にあるのは、いうまでもなくスペースキーである。そしてスペースキーには、驚いたことに、英文字の羅列を変換するという、極めてドラマティックな機能が割り当てられている。

文字列の変質。かなは、漢字へ。

俯瞰すれば、右手は小指側を上にしてややひねられているだろう。その腕はキーボードの上をななめに横切っているだろう。人差し指だけが軽く伸びて、あたかも未来を指しているだろう。そしてその肘はキザな角度で机に突かれているだろう。

さあ、エンディングだ。エピローグだ。

接地した親指を支点として、小指は五指の中でもっとも重力に逆らっている。つまり、あるがままに振る舞おうとするなら、小指は地球の中心へ向かって降りてくる。親指を支点として自分から見れば時計回りに。小指降臨。どこへ？　エンターキーへ。

　思えばこれまで打たれたことばはすべて暫定的なものだった。最後のキーが押し込まれたとき、ついにそれは確定する。

　ぼくは画面上に見る。まぎれもなくそこに、「主人公」の三文字。

　ああ、「主人公」という文字をタイピングすることは、なんと気持ちのいいことでしょうか！　みなさん、そう思いませんか！

　……え？　いまはみんなスマホのフリッカー？　そうなの？

「納豆」

みなさんは、納豆、お好きですか？　問いかけておいてすぐさま自分で答えてしまいますけれども、ぼくは、納豆が大好きです。たぶん、生涯の好きな食べ物ランキングを閻魔様に訊かれたら、指を五本折るうちのどこかで納豆はかならず出てくると思います。

　こんなに食べてきたのに、いまも食うたび、うまいと思います。いろんな銘柄の納豆を食べてきました。もちろん、個体差は楽しみましたが、最終的には、どの納豆もうまい、と感じました。

　どう食べてもうまいのですが、理想はまず、茶碗よりひとまわり大きな器にほかりとよそったご飯。それはあっつあっつの炊きたてではなく、ふつうにあたたかいご飯であることが望ましいです。

粒のサイズをリクエストできるなら、小粒納豆。それを、やや高さのある、表面のざらざらとした器にあけて、混ぜる。とにかく混ぜる。粒を崩さないようにして、混ぜる。とにかく混ぜる。

直せば直すほど文章はよくなっていくように、混ぜれば混ぜるほど納豆はうまくなっていくと私は信じているのです。むろん、他人におすすめするわけではありません。私はあくまで私のために私のやり方を通すのです。

混ぜる。とにかく混ぜる。私は混ぜる。納豆を混ぜる。夢中というよりは不乱で混ぜる。

箸はあいだに中指を深く入れて固定し、二本がつねに並行に保たれるように持つ。それを器に垂直に突き立て、混ぜる。熱心というよりは無我で混ぜる。

第二段階としては、混ぜたそれを上空へとひねり上げる。見よ、滝だ。ねばりの滝だ。器を離れた納豆は離れることにより新たなねばりを生み、転じて重力に引かれ器へもどることにより、さらなる糸を幾筋も放つ。

くり返せば、混ぜられる納豆は空気を含む。ほどよく含み、ふわりとしてくる。

さぁ、そこへ加えよう。まずは卵だ。卵を入れるにはバランスが肝要だ。すなわち、白身と黄身の一切を入れては水っぽすぎる。かといって厳密に黄身のみを分けて入れるは、気持ちが窮屈だ。

たどりついた結論は、白身を、ひとこぼし。たらりと白身をこぼしておいて、残りを、ねばりのるつぼへ投入する。

忘れずそこへ付属のタレとからしを加えたまえ。また、足した卵の量に応じて、醤油をひとたらし。入れすぎるなかれ。入れすぎるなかれ。

仕上げだ、諸君。

混ぜよう。フィナーレへ向かって。労働のようではなく、セレモニーのように。マシンのようにではなく、挨拶するように。

混ぜることのおわりにきっかけをもとめてはならない。食う気持ちがこみあげれば、しだいに右手の回転はとまるだろう。

見れば、そこに、器がある。炊きたてではなくふつうにあたたかいご飯がほかりとよそわれた、茶碗よりひとまわり大きな器がある。そこへ混ぜ続けたねばりの結晶を注ぎ込め。

それをどのように注ぐか、かつては、私も、追い求めたものだ。ご飯の中央にくぼみをつくり、そこへカルデラ湖のように注いでみたり、ご飯の上の面を一様に覆うように流し込んでみたり。

けれども、ついに私は悟った。

ある茶人が、庭の飛び石をどこに定めるか決めるとき、豆を無造作に放り、落ちた場所に石を置いたという。納豆も、しかり。

ご飯の上へ納豆を注ぐときは、一期一会を感じながら、無造作に。偏るも、よし。広がるも、一興。

さぁ、できあがった。あるのは、いわば、私だけの宇宙である。

食事はおおぜいで食べるのが楽しい。たしかに、真実だ。しかし、私は強く思う。おおっぴらではなく、わがままと知りつつ思う。

納豆を食うなら、ひとりだ。

深夜、できればちょっと肌寒いくらいがよい。家人は寝静まっている。その静寂のダイニングで、うれしく私はひとり納豆をすする。そぼそぼと、ほかほかのふわふわを、吸い込むように食う。絹のような糸を巻き取りながら、ねばねばと、もぬもぬと。

それが、私にとっての、納豆である。

……腹が減ってきました。

「落花生」

　ぼくは落花生が大好きなんですが、みなさんはお好きですか、落花生。

　落花生が大好きなぼくは当たり前のように落花生をよく食べるんですが、最近、気づいたことは、落花生をきれいに割ってる人って、じつは、あんまりいない。いや、いないっていうか、落花生を割ることにちゃんとした様式を持ってる人が少ない。

　要するに、みんな、適当に、なんとなく割ってるんです、落花生を。

　みなさんはどうですか。ちゃんとした様式、持ってます？　落花生を割るときに？

　いや、自分なりの様式があるなら、どんなやり方でもいいと思うんですけどね、もしも、自分がそういうものを持ってなくて、いつも適当に割ってるっていうんだったら、ちょっと教えますから、覚えておいてください、落花生の割り方。きれいに割れますから。

　じゃ、はい、落花生を一つ、持って。いいですか？　いきますよ？

　まず、落花生には、くちばしがあります。いや、きょとんとしないでください。

　落花生には、くちばしがあるんです。よく見ればわかります。こう、中央でくびれてふたつに分かれた落花生の房の、どちらか一方に、こう、くちばしみたいな、鼻筋みたいな感じで、曲線が突き出ている感じのところがあるでしょう？　横から見るとひらがなの「し」みたいな感じで突き出てるところですよ。あ？　ありました？

　あったら、それと自分が向き合うように落花生を持って下さい。くちばしのある側と向き合うように。

　そしたら、そのくちばしを「落花生のくちばし」だとしたならば、「落花生の胸」

に当たるところを押していく。「落花生の腹」では下すぎる。「落花生のアゴ」では脆すぎる。

具体的には、両の親指の先端をひとところに集め、くいっと押し込む。向き合う真摯な気持ちとしては停止した心臓を蘇生させる集中が近いが、それではしかし力が強すぎる。

貫かぬよう、砕かぬよう、ぐっと力を入れると、パキャと音がして、おそらく、くちばしは縦に割れる。力の加減がほどよいなら、くちばしは美しく縦に裂かれる。その瞬間には述べたようにパキャと乾いたたい音がする。

割れたくちばしの隙間からは、赤茶色の薄衣をまとったピーナッツが官能的にちらと見えているだろう。しかし男子諸君、ここで焦ってはならない。

秘密の赤茶色への高まる興味は一旦横へ置いておけ。甲板で釣った魚の血を抜く漁師のごとく、冷静につぎの行動へ移れ。具体的には、重ねた両の親指を、落花生の胸から下へ、優しく紳士的に移していけ。

すると、割れて生じたくちばしの裂け目は徐々に下へと広がっていく。奥の赤茶色はいっそう顕《あらわ》になっているはずだが、官能的な比喩をこれ以上用いない理由は、それが完全に乾いているからだ。そう、うまい落花生は完全に乾いていなければならない。余談を添えれば、茹で落花生は私にとって無意味である。

落花生へ目を戻そう。見よ、眼下の風景を。くちばしの裂け目は中央のくびれを渡り、いま下の房も完全に踏破した。北から南へ走るクレバスは、うっとりするほど直線だ。自然界にこれほどのラインがあろうかというほど真っ直ぐだ。まるで石川五右衛門が斬鉄剣で斬ったみたいにそれはすっぱりと割れている。

それでは全体を持って片手へ移せ。右利きなら左手で、逆なら逆へ、その全体を預けろ。そして割れ目をどちらかに傾け、一方を下にしながら、上になった一方を取り除く。

あたかも一方の殻をベッドに、もう一方の殻を掛け布団とみなし、中ですやすや眠るピーナッツの兄弟を初夏の朝にやさしく起こすかのように。

からっと晴れたその空気の中で、あとはピーナッツをつまみ、赤茶色のパジャマを脱がすだけだ。

おはよう、ぼくのかわいいピーナッツ。

……そんなふうに、ぼくは落花生をむいて食べているのです。

「IT／イット」

"それ"が"顔"に
見えたら、終わり。

縦に裂きたい

燃え殻

日比谷で接待という名の朝まで焼酎。帰りたい。クライアントがザルすぎて引く。いやいいひとだ。いいひとなんだがザルすぎて引いた。**縦に裂きたかった**。いやいいひとなんだが。

20時まで一端の休息。遅い昼飯もしくは早い夕飯。ナポリタン。まずっ。厨房にどーみても学生みたいなボーイが。貴様の手料理を850円払って食うとは。不覚。不覚過ぎる。あと人材会社の電話がウザ過ぎる。両方殺処分したい。嘘。ごめん。**縦に裂きたい**。乙女、パスタに感動。しない。

打ち合わせ中、目の前のクライアントの一人の方が睡眠をとっていた。**縦に裂きそう**になったがクライアントだった。次の瞬間、自分の頭が真っ白になって頭に馬鹿の花が咲いた。それからトンと記憶がなくて気づいたらドトールだった。病んでるかもしれない。

ハンバーガーはずっと**縦食い**です。

童貞の場合ハンバーガーを**縦に食べる**ところから始めるといいとリリーさんに習いました。感動。

横に並べている「夢」を**縦に並べて**みる。アレもしたいコレもしたいの横並びの夢に上から下まで優先順位をつけてみる。それで一体、一番最初に何がしたいか少しは整理がついてくる。

焼酎水割りをおごった、知らない新橋のサラリーマンいわく、出会いは水平ではなく垂直に！　とのコト。横へ横へ知人でパンパンの携帯アドレスはバカの代名詞だと。**横ではなく縦**。深く深く知り合え混じ合えまぐ合えとの事。

自分悪くないっすよ！　なんて事は怒ってる方も分かってる中、盛大に怒鳴られた。先週と言ってた事は真逆だった。全部やめて「面白い事だけやっていこうぜ！」って言っていたのに**結構な縦社会**だったりして引いた。ルールが嫌で集まった暴走族の掟の方がリアルにキッかったみたいな世界を見て深く絶望気味。

やりたいコトをザーッと横に並べて、それをドン！　て**縦にする**。順番をつける。て、やり方が良いと思う。と言った気がする。

昨日まで鬼の様にハロウィンパーティーのメールを送ってきたミッドタウン男が今日「冬はじまりました！」で始まる『ちょっと早いクリスマスイブイブパーティー』という日本語破壊みたいな鬼メールを送ってきたので、嗚呼冬が始まったのかと思った。**縦に裂けろ**。出来るだけ細かく。

彼氏に浮気されて落ち込んで食事も喉を通らないと言い放っていた女が、目の前でボロニア風ハンバーグ定食を盛大に食い散らしている。**縦に裂きたい**。

とにかく横文字言葉を多用してメールを送ってくる方がいる。今日も一行目から「スタティックなページ関連データの件」と書かれてた。メールは面倒だ！　と電話をしたら「それとダイナミックなページのテンプレートデータについてですが」ときた。「あ、あとデータダンプや～」と続けた。**縦に裂きたい**。

学生時代に仲良かったヤツが「雑誌で初めて買ったＣＤ」を聞かれる存在になっていて俺と一緒にＴＵＢＥは最高！　と脳がクラッシュしてたことをなかったことにして雑誌にＹＭＯとか書いてあって**お洒落に縦に裂けろ**と思いました。ダサさを全面に出せよと思ったけど、まぁ立場上無理かとも今では思う。

自分で間違ったくせに散々説教だけして仕事を丸投げする業者と、自分から来て抜いた後に散々説教して帰る風俗の客は俺カースト制度の中で最下層に属します。**縦るな**。

仕事は辛いがせめて自分で選びたいんだと言ってフリーになった友人が色々あって食い詰めて非正規雇用で今日から働き始めたってメールがきた。内容はかなりキツかった。返事はまだ出来てない。ＴＬには独立しよう！　起業しよう！　とフジロック行こう！　のテンションで言ってる人間が多々いて**縦に裂きたい**。

その場ですぐにムカつきに気付けない。先日、プレゼンで先方が「世の中、全部ゆるキャラでしょ？　今。ゆるキャラ無しの企画ないくらいじゃないですか」いや本当にそうだ、バカかと思ってたと言おうとしたら「だからゆるキャラはハズせないすよね！　笑」とキタ。あの時は流してしまった。**今なら縦に裂ける**。

幸せな時に「幸せだなぁ」と言うのは加山雄三だけだって話がある。人は本当の時は夢中に違いないと。飲み屋で「すごーい」て女性に言われてるオッサンは絶対に凄くない。先程の加山雄三話を女性にしたら分かる！　と言ったが間髪入れずにオッサンが「俺、加山雄三会った事ある」と言ったので**縦に裂きたい**。

その男を20代の頃から知ってる。仕事でかなり世話にもなっていた。彼が20代の時に合コンしてくれ！　頼む！　爆発しそうだ！　というので女の子を集めたら来たコが一人30代だった。「なんであんなババア連れてくんだ！」と説教されたのを覚えてる。その男が40代になり今日飲み会らしい。**縦に裂きたい**。

ひと通り注意した後輩が『人生って大変ですね』と最後に吐き捨てたので**縦に裂こうか**と思った。俺はただ連絡ミス、提出物の遅れを指摘しただけだ。単純な話しを複雑にして世の中の不条理にすがりたいのかもしれないがただお前が納期を守れないというズボラなだけだ。すぐに主語をデカくするバカが嫌いだ。

数字だ！　数字！　という割には数字を数えるだけで数字作れない人間ばかりが周りにいて**縦に切り裂きたい**。

「今回どうしてもこれしかお支払い出来ないんですが」と言ったこれしかが相当なこれしかだったんですが、その会社もこれからだし応援したいしで受けた仕事のこれしかが、仕事が終わっても振り込まれもしない。そいつのフェイスブックを見たらアジアの屋台でバカ食いしてる写真が載ってた。**縦に裂きたい**。

Ａｍａｚｏｎさん以外、誰も約束守ってくれない。**縦に裂きたい**。

結構真面目に質問されたので、結構真面目に答えてる途中に質問した当人が自分の横に置いたスマホにジャンジャン届くＬＩＮＥ通知に気持ちが持っていかれてるのに気づき「あ、どうぞ」と言ったら「大丈夫です！」て返されたので話し始めたらまたＬＩＮＥ通知に気持ちが持っていかれてるから**縦に裂きたい**。

青山のデザイン会社社長51才、タワーマンションの霧がかったもっと上に住み、クルマはジャガー、部屋には読まねえだろ？　て洋書が置かれ熱海に別荘を持っている。仕事で世話になっていて何度もご自宅に伺った事がある。ブログはモノクロ写真で、並んだ言葉は俺のツイートのコピペだった。**縦に裂きたい**。

リリーフランキーさんの人生相談を読んだ時に、童貞はハンバーガーは**縦にして食え**、10円玉を舐めろ、帰り道はガードレールを舐めながら帰れ！　に北方謙三イズムの継承を感じました。

男女の友情は成立するに決まってるじゃないですかっ！　と飲みの席で、反対派の俺に対し、机叩く勢いで熱弁していた男女が今週末結婚する。**2人まとめて縦に裂いてきます**。

「超行きたいけどスケジュール的に無理だ〜！超残念！　成功するの祈ってます！」というメールが全く嬉しくないことに貰ってから初めて気づいた。たまにそんな内容でメールを送っていた**自分を縦に裂きたい**。一生出さないようにしよう自分と心に強く誓った。

あえて縦に割りたい。

この時間の山手線は激混みだ。山手線以外でもこの夕方6時は軒並み満員電車状態だと思う。出来るだけ良い人として生きてきたい。ただ特に渋谷とかバカみたいに人が降りる駅で、入口付近のほぼドア中央くらいの場所に陣取り、つり革を離さず、降りる全員の邪魔になってるサラリーマンを**縦に裂きたい**。

満員電車で、人がたくさん降りるってのに、入り口付近で立ち止まりスマホしてる人間を**縦に裂きたい**。

おもしろマンガ「あいつはラガー」 by Aso Kamo

第3話　日本の代表

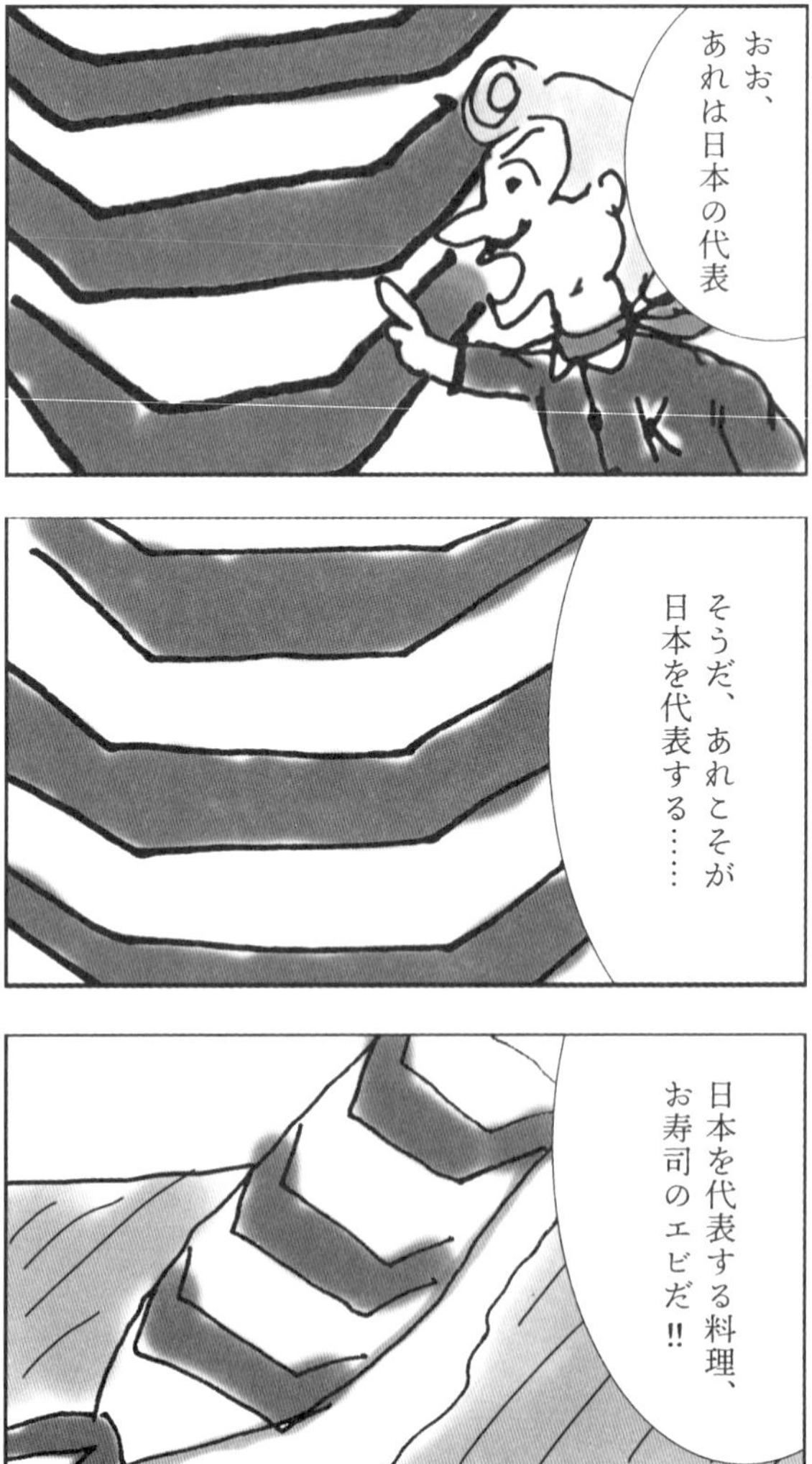

ロックンロール・イズ・デッド

古賀史健

男たちは西からやってきた。

あまりに長く座り続けていたせいで、尻肉がつぶれ、骨が熱くしびれていた。ハンドルを握るアフロは、せわしない息継ぎを続けるマイケル・ジャクソンのカセットテープを止め、ルームミラー越しにつぶやいた。

「次のテープ、出して」

後部座席のブロンドが、嬉しそうに黒のスーツケースをあさる。優に二百本は超えるカセットテープ。どうやら目当ての一本を探り当てたようだ。

「次はなに？」

助手席の鼻輪が振り返って訊ねる。にやにや笑うばかりのブロンドは、黙ってアフロにテープを手渡す。

「誰なんだよ」

アフロはカーステレオにテープを差し込む。

「まぁ、聴きゃわかるから」


澄んだギターの和音が響きわたり、陰鬱な男の叫びがそれに続いた。湿ったコンクリートに似た匂いが赤い中古車に染みわたる。

「これ、誰？　知らねぇ」

アフロがヴォリュームをあげる。

「U2だよ。知らねえのか」

「あー、これが」

鼻輪はわざとらしく背伸びして、つぶれたメンソール煙草に火をつける。

「U2ねえ」

それを合図に再び、誰もが黙り込んだ。


男たちを載せたシビックは、四日前に出発した。

リーゼントの黒人たちにはじまったカーステレオ。

エルビスが喉を鳴らし、ビートルズが笑い、ディランが説く。ローリング・ストーンズは黒い呪文を唱え、ビーチ・ボーイズは薬の海に溺れ、ドアーズとクリームが極彩色の万華鏡を操る。感電するジミ・ヘンドリックスのギターに合わせるように、ブロンドは叫んだ。

「ヘッドライトに灯をともせ！」

なんて長く、危険な夜だ。レッド・ツェッペリンの熱狂、キング・クリムゾンの墓碑銘、オールマン・ブラザーズ・バンドの熱風。幾人もの男たちが死に、女たちが死んでいく。かつてホークスと名乗ったバンドは最後のワルツを踊り、月を見上げるニール・ヤングは孤独に声を涸らす。

「このままどこに行こうってんだよ！」

ぎらつく太陽を睨みつけ、男たちは錠剤を噛み砕く。

変幻自在のステップを踏むデビッド・ボウイを、セックス・ピストルズが突き落とす。ブルース・スプリングスティーンは労働者の安酒をあおり、ミネアポリスの地下室では眠らぬ王子がインモラルな性交を続ける。そして最後の夜、マイケル・ジャクソンがしゃっくりのような息継ぎをはじめた。

俺たちは走りすぎた。

誰もがくたびれはてていた。

なにを聴いても同じにしか聴こえなくなっていた。

四度目の朝陽が昇るころ、おぼろげな意識の中でアフロが振り返った。

「次」

後部座席に寝そべるブロンドが、億劫そうに答える。

「もう終わったよ」

「終わった？」

「ああ。ぜんぶ終わった」

四日分のゴミが散らばった後部座席。ブーツを履いたブロンドは、その足で乱暴にスーツケースを閉じた。

「なんだよ、終わったって」

「もうぜんぶ、ここで終わったの。ロックンロール・イズ・デッド」

助手席の鼻輪はケラケラ笑うと窓を開け、フリスビーをそうするようにテープを投げ捨てはじめた。

「馬鹿、なにやってんだよ！」

肩を掴んでアフロが叫ぶ。

「こんなのいらねーだろーよ、もう」

かまわず笑いながら、テープを投げる鼻輪。

「いらねえ、いらねえ。これで十分」

後ろで起き上がったブロンドが、ＫＦＣのプラスティック・フォークで８ビートを刻む。アルミ缶とプラスチックが奏でる偏平なビートは、間延びしたエンジン音にひどくよく馴染んだ。やがて鼻輪もダッシュボードを叩き、アフロも同じくハンドルを叩いた。即席のグルーヴが車内を包み、歌とも咆哮ともとれない声がこだまする。

「イエー、ヘーヘーイ‼」

何度目かの咆哮とともにコーラを振り混ぜた鼻輪は、運転席に向けて勢いよく栓を抜いた。ぬるく茶色い泡が車内に飛び散る。

「てめぇ馬鹿野郎」

アフロは咄嗟に灰皿をぶちまけた。

「きったねえ、そりゃ反則だろ！」

「うるせえ、しっかりつかまってろ！」

急加速するエンジンが不規則な悲鳴を上げる。

「し、死ぬぅ！」

「死んじまえ！」

「いやマジ」

「ぐわ」

「待てって、ほら」

「行けぇ！」

「ロックンローーール‼」

叫び笑う男たちを乗せた中古車は、灼熱のバニシングポイントへと消えていった。

ぼくのおばさん

高橋久美子

僕にはおばさんがいる。ちょっと変なおばさんだ。トランプでも相撲でも絶対に負けてくれない。かけっこは僕の方が勝てるようになってきたけど、僕が勝つと「負ける試合はやらねえよ」とふてくされて先に帰ってしまう。どうしようもないほど大人気ないおばさん。母さんの妹らしいけど性格も顔も全然似ていない。多分、いや絶対結婚もしてないし彼氏もいないんだ。おばあちゃんの家で毎日ごろごろしている。仕事には行かないで、時々パンを焼いてはマーケットなんかで売ってる。あまり売れないんだけどね。日曜はいつも僕をマーケットに駆り出して、そうするとパンは飛ぶように売れるんだ。おばさんは商売に向いてないんだって母さんは言う。そりゃそうだ。前髪は目に入りそうだし、眼鏡はずれているし、いつもジャージかオーバーオールだ。ちゃんとすれば美人なのにもったいないとみんな言うくせに、本人に言ってるのを見たことがない。僕しかおばさんを叱れる人はいない。パンは結構美味しと思うんだけど、まあ探したらもっと美味しいお店はあるのかもしれないよね。


「おーいおーい銀太、スピードしようぜ」

「ええ。嫌だよ。カルタならいいけど。トランプは絶対負けるもん」

「ちぇー、じゃあ公園でキャッチボールでもしよう」

「うん、いいね」

僕は学校から帰ってきたら、おばさんと毎日遊ぶ。友達がいないわけじゃないけど、おばさんを一人にするのは少し心配だから。

スパン、スパンと音をたてて二人のグローブを白球が行ったり来たりする。公園には幼稚園の子どもたちが走り回って遊んでいて、親たちはその周りで話をしている。おばさんはずっと聞きたかったことがあったみたいでキャッチボールが始まるなり喋りだした。

「なあ、銀太。最近絵描いてないの？」

「うん……」

「何で？　何で描かない？」

「え……学校で下手だって言われて。描き直されちゃって。それで……」

「はあ？　誰に？」

「えっと……」

「誰に書き直された？」

「先生に……担任の」

やばい、おばさんは怒ったら手をつけられないんだ。正直に話すんじゃなかった。

興奮してきたのか、小さく震えている。

「銀太の絵は世界一素晴らしいじゃんね。第一、絵なんて何をどう描こうが自由だろう？　先生だからって何でもしていいってルールはない」

声が上ずって、だんだんと泣きそうになっている。

「でも……きっと、多分小学三年には、小学三年の描くべき絵があるんじゃないのかな」

「って母さんが言ったのか？」

「ええと……。うん、まあ。そういう感じかもねえ」

「なんだよみんな。こんなんじゃ銀太が駄目になっちまう」

ボールは僕のグローブの中で止まったまま投げられなくなった。おばさんは、前髪をかき上げて腰に手を当てて空を見つめる。こういうときは怒っているのと悲しいのとで言葉を出せないんだ。嫌な雰囲気になっていけば、しばらくおばさんは部屋から出なくなってしまうから気をつけないといけないよと母さんから言われていたのに。慌てて僕は「いくよー」と言ってボールを投げた。おばさんは何も言わず受けてくれた。おばさんは前よりも少し成長したんだろうか。いつもならプイと帰ってしまっていたのに、ちゃんと僕の気持ちを受け止めてくれたのかな。それとも僕の方が駄目な大人に近づいてしまったのかな。何も言わず僕らはボールを交換し合った。左掌が熱くて痒くって、ずっと黙ってボールを投げた。

次の日曜日、おばさんのパンの売上が通算五〇〇個を記録した。僕たちはパンが売り切れてすっきりしたテントの下、三八〇円もするぶどうジュースで祝杯をあげた。隣の隣のブースで伊野田さんという農家さんが出している搾りたて一〇〇％のやつだ。これを飲めるのは、二〇個以上パンが売れたときと決めている。それを二杯も買うのは大変なことだったけど、「お金は使いようだ」ってばあちゃんがよく言っている。今使わないでいつ使うんだ。

おばさんは僕が描いた看板をほれぼれと見ながら

「やっぱりいい絵だよな。この看板のお陰で人がいっぱい来るようになったんだ。銀太はやっぱり天才だよ！」

と言って僕の頭をくしゃくしゃーってした。もう二年も前に描いたやつなのに、いつも褒めちぎってくれる。僕は、どんな気持ちでこの変な動物や名前のない怪獣を描いたのか思い出せない。左手と右手をどうして違う色で塗ったのかも、耳の長さがどうしてこんなに長いのかも覚えていなかった。今も同じように、おばさんが喜んでくれる絵が描けるか僕は少し不安だった。

ジュースを飲み終えて、帰り支度をしているときだった。

「あのう、すみません。まさか……えーとー、確か、東、西、南、いや北。北村さん？だったかな？　あの、俺さ高校いっしょだった……ほら、野球部の鈴木。二年、三年と同じクラスだった。覚えてないかな？」

僕と同い年くらいの子どもを連れた男の人が、いきなりおばさんに声をかけてきた。もちろんおばさんは僕の後ろに隠れて目を合わさない。男の人はお構いなしに喋り続けた。

「なーんか、見たことある人いるなーって思ってたんだよねー。え、なに？　ここでパン売ってんの？　すごいなあ。流行りの天然酵母のパン？……ってわけじゃないんだね。まあいっか。えーと、この子は、北村さんの子ども？」

「あ、いえ。僕の母さんの妹なんです。だから、僕のおばさんなんです」

「へー。偉いねお手伝いしてるんだね」

男の人と手をつないだ女の子は大きなミッキー型の風船を持っていて、ミッキーがテントにぶつかって顔をくしゃんと折り曲げていた。

「ひ、ひ、ひ、久しぶりです。はい、き、き、き北村です」

今頃かよというタイミングでおばさんが口を開いた。落ち着いて喋れば平気なのに、焦ったらいつもこうなるんだ。でもその気持ちを僕はとてもよくわかる。学校へ行けば同じようなもんだから。顔を見ないで、斜め横のテントの柱を見ながらおばさんは懸命に声を出した。

「そうだ。大晦日に地元の奴らでライブするんだ。ほら、愛ちゃんとかさ、達也とか覚えてない？　あいつらみんなこっちにいんだわ。無料だからさ良かったら遊びにきてよ。家族持ちのやつらはどうしても家出られないって、今年まだ全然人集まってなくてさ。甥っ子くんもよかったら遊びに来て」

無料という言葉に僕らは敏感だ。そして、この男の人は意外と悪い人ではなさそうだ。ちらしを机の上に置くと、ミッキーの風船を浮かべながら二人は帰っていった。

「おばさん、どうする？　ライブだって。どんなことするのかな。ライブって歌ったり楽器を演奏するやつのことだよ。ちょっと煩いかもね……」

おばさんは、眼鏡を指で押し上げるとちらしを真剣に見ている。パンが五〇〇個売れたんだ。きっと大丈夫だ。

家に帰って、母さんとばあちゃんにちらしを見せた。タダなんだったら行ってきたら？　と二人は言う。そういう簡単なことではないんじゃないのって思うけど、確かにタダなんだったらトライしてみて、失敗してもダメージは小さいんじゃないかと僕も思う。いや、でも自分に置き換えてみると絶対に無理だ。急にお前も歌ってよなんて言われたらどうする？　みんな楽しそうなのに帰りたくなったらどうする？　トイレだってどこにあるかわからないし。おばさんの性格を考えると、無理って言うに決まってるよ。

それから、大晦日までの一週間、おばさんはほとんど上の空だった。行くのか行かないかを聞いても、まだ考え中だという。そんなんじゃ、こっちの予定立てられないじゃないか。一人で行けないからどうせ僕がついていくことになるだろうし。

大晦日当日、おばさんは二階の自分の部屋から出てこない。

「おーい。どうするんだよう。行かないのー？」

僕は何度か呼びに行ったけど返事がなかった。いつものことだ。諦めて、お笑い番組を見始めたときだった。大きな音でドガドドと階段を駆け下りる音がしておばさんがリビングに入ってきた。えっ、前髪が短くなってる。後ろ髪はいつもより少し高い位置で束ねておだんごにしている。オーバーオールと眼鏡は変わらないけど、まるっきり違うおばさんが立っていた。

僕らは、いつもの白いワゴン車に乗り込んだ。パンの匂いが染み付いた車。おばさんは、お守りみたいに小さく折りたたんだちらしをオーバーオールのポケットに入れている。国道を二〇分ほど走って、地図通り畑の間を下っていくと、古い大きな木造の家が見えてきた。

「あ、看板だ。『ライブ会場こちら』だって！　おばさん、ここみたいだよ！」

車の音を聞きつけたのか、玄関からこないだの男の人が飛び出してきた。

「おー北村さん！　来てくれたんだ！　ありがとう。こっちに車止めて」

隣の空き地に車を止めると、僕らは男の人の後ろをついて歩いた。ええと、ライブ会場って家なの？　普通に時々行く大ばあちゃんちの座敷と一緒じゃないか。学校の体育館とか、キラキラした照明を想像してたのに、こんなのインチキだ。ただの畳の部屋に座布団とちゃぶ台がいくつも並べられているだけじゃんか。ステージもないし。それに夕方の四時開場で、一五分も過ぎてるのにまだ誰も見当たらない。

「ヒデちゃーん、私緊張してきちゃったー。歌詞飛んだらどうしよー」

真っ赤な口紅を塗った、クリームパンみたいにテリテリした顔の女の人が男の人に抱きついた。何だろう、奥さんかな。それともマーケットで言ってた同級生の愛ちゃんって人かな。こないだのミッキーの風船の女の子が隅っこで見ている。やがて、楽器を持った人たちがタバコくさい匂いを撒き散らしながら座敷にやってきて、じゃ〜

んとか、ドンドン、とかいわせて音を出し始めた。準備が終わった人たちはカセットコンロをちゃぶ台に上げて鍋を始めた。一体何の会なんだろうこれ。その隣のちゃぶ台には出前の寿司が届いた。僕のお腹がぐーっと鳴った。おばさんのお腹もぎゅるるーっと鳴った。僕らのちゃぶ台に置かれた小さな紙には、『寿司一人五〇〇〇円、鍋一人三〇〇〇円』と書かれている。ああ、こんなことならパンを持ってきておけばよかった。愛ちゃんという人が「何か飲む?」って言ってきたけどよく見ると『オレンジジュース三八〇円』だって。伊野田さんちのぶどうジュースと同じじゃないか。僕たちはいらないと言った。

「じゃ、これはタダだからね」

愛ちゃんは、お皿にカパえびせんとポテトチップを入れて持ってきてくれた。それにお茶も紙コップに入れてくれた。

「それじゃあ、そろそろ時間だし始めようか」

え、お客さんは? まさか僕らとミッキー風船しかいないの?

「イエーイ! 待ってましたー!!」

愛ちゃんや、仲間内のおじさん達が叫んだ。最初に出てきたのは、ミッキーのお父さんのヒデさんだ。ギターを持ってきて、弾きながら歌い出した。どこかで聴いたことがあるようなないような、でもいい声だなあと思って、おばさんを見ると、え、おばさん泣いている。懐かしかったのかな。僕が知らないおばさんの若かった頃のこと思い出してしまったのかな。隣では、男の人達が酒を飲み寿司をどんどん食べている。一つくらいくれてもいいのに、なんだよケチ。今頃、母さんや父さんは家でおいしいお蕎麦を食べているのかなと思うと僕はもう帰りたくなった。

次は四人組が登場してきた。髪を一本の角みたいに立てた真っ黒いジャンパーの男の人や、金髪で目の周りを真っ黒に塗りたくった女の人が四角い機械に、線を繋いでギターをガーンと鳴らしはじめた。ヒデさんのギターとは違って胸が握り潰されるみたいな音だ。ドラムまで叩き出したら、ガラスがビリビリ音を立てて家が壊れそうだ。ドンドンと低い太鼓がなる度にガラスケースに入った和装の人形が倒れそうに震えている。どうしようドキドキしてきた。これがライブってやつなのかもしれない。よくわからないけど格好いい感じだ。おばさんの方を見ると、口をあんぐりと開けてびっくりしている。大丈夫かなあ。

うわ、愛ちゃんが机に足をかけてライオンみたいに叫びだした。さっきまでとまるで人が違う。怖い、怖すぎる。なんて行儀が悪いんだ。

「気が狂いそうー　ナナナナナナー　やさしい歌が好きで　ああああーああなたにも聞

かせたいー」肩まで伸ばしたパーマの髪を振り乱して、何かにとりつかれたみたいに歌い出した。信じられない。耳がつんざけそうで、僕は耳を掻くふりをして塞いだ。やっぱり来るんじゃなかった。この調子じゃあ、明日からおばさんはまたしばらく部屋から出られなくなるぞ。おばさんを連れてくるんじゃなかった。僕はとても後悔した。一曲が終わって、おばさんに小声で
「ね、もう帰ろうか？」

と聞こうと近寄った。それなのに、すぐに次の曲だ。

「どぶねずみみたいに　美しくなりーたいー」

うわあ、何言ってるんだ。

「リンダリンダーリンダリンダリンダー」

大変なことになってきた。座敷が壊れてしまいそうなくらいに大人たちが暴れだした。前のちゃぶ台に座っていた誰かがいきなりドラムに突っ込んでいって、その拍子でドラムの人が後ろに吹っ飛んで人形が入ったガラスケースがバッシャーンという音を立てて割れた。魚をくわえたクマの置物も棚から転げ落ちた。そのうち寿司やカニの爪が宙を飛び始める。僕は怖くなってミッキーの女の子がいる後ろまで下がった。おばさん、おばさん、逃げたほうがいいよ。帰ったほうがいいよ。おばさんは、目を

見開いて頭をブルブル揺さぶっている。

リンダリンダー　リンダリンダリンダー　アー!!!

僕は多分夢を見ているんだ。初夢がこんなのって縁起悪すぎるよ。「おばさん帰ろう」ともう一回大声で叫んだのにこっちを見てやしない。おばさんが立ち上がった。そして、サイみたいにドラムめがけて突っ込んでいった。ガッシャーン。ドラムの人はまたひっくり返って、後ろの棚の上に置かれた大きな壺が落ちて飛び散った。こけしも、掛け軸も、花も、何もかも転げ落ちて、それでもみんな歌って頭をガンガン振り回している。

畳の上を踊りながら歌っていた。僕とミッキーの女の子は、ぼーっと馬鹿な大人達を見ていた。そして何故だかわからないけど、ククククと咳みたいに声がこみ上げてきた。それが可笑しくて笑っているんだってことに、しばらくしてやっと気づいて、やがて僕らはお腹を抱えて笑った。それから、同じように頭をふって踊って歌った。母さんには言えない。ばあちゃんにも先生にもクラスの友達にも絶対に言えない。これは夢なんだ。だって、おばさんが愛ちゃんのマイクを取り上げて歌っている。楽しそうに、変な顔して、演奏が終わってもずっとずっとずっと歌っていたんだ。

一月二日、年が変わって僕らは五〇一個目のパンを売りにいった。神社の下に店を出して初詣帰りの人を狙うってわけだ。おばさんは相変わらず愛想が悪いから僕が一生懸命に試食を勧める。あ、ミッキー風船の子がお父さんのヒデさんとやってきた。おばさんは、こないだのことはまるで忘れたみたいに、また緊張して喋れないんだ。おもしろいよね。ヒデさんは残りのパン四つ全部買っていってくれた。僕たちは売上で、温かいチャイを二つ買った。そして、小さな声でリンダリンダと歌った。

僕にはおばさんがいる。ちょっと変だけど、誰よりも面白くてイカした僕の親友だ。

「同じ文章だけど シチュエーションがちがう」

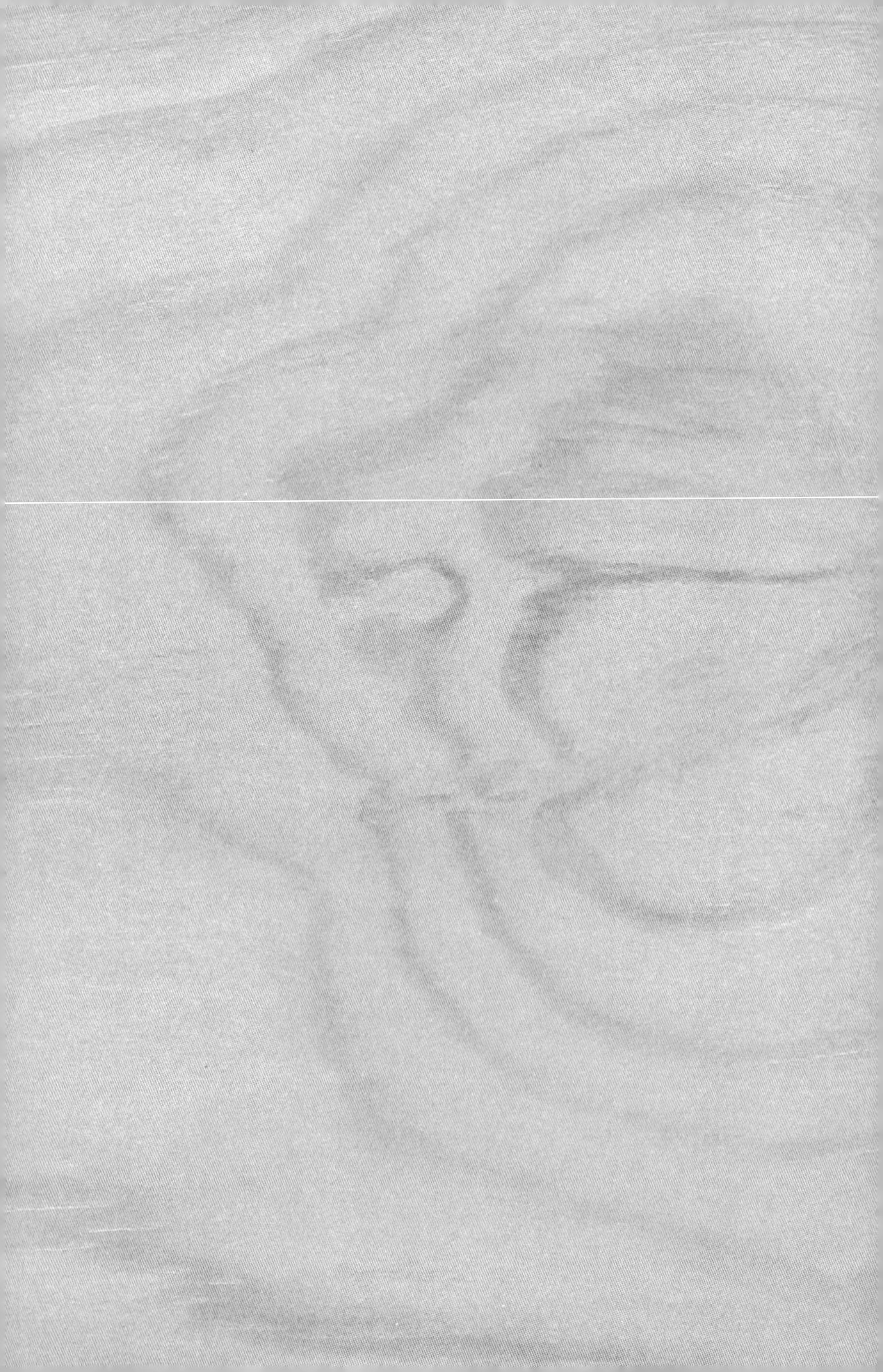

スヌード

ヤキニク・タヴェタイネン

川越 宗一

大陸から張り出した寒気団なる集団が、この街の全ての分子の運動を縛っている。ようするに、今日は朝から、とてもとても寒かった。

けれど放課後、呼び出された学校近くの小さな公園へやって来た僕の身体は、茹でたてのパスタのように熱くなっていて、鼻からは沸き立つ鍋の湯気のように熱っぽい呼気を噴いていた。ちなみに僕の名字は蓮田。だいたいパスタだ。ちなみに僕は普段、あれをパスタではなくスパゲティと呼んでいる。ちなみに僕のささやかな夢は、本場ナポリでスパゲティを食べたいというものだ。さらにちなみに、僕はいま、どうしてもカレーが食べたい。パスタもといスパゲティより。ちなみに、やたらとちなみはじめるのは僕の癖だ。

最後にもうひとちなみ、と思った僕の目はパスタ皿のように大きく見開かれた。小説であれば視点のブレを指摘されそうな叙述だが、今回は問題にならない。天に抗うような気持で、僕は空を仰いだ。これは誰かの小説ではない。僕の物語だ。

目を下ろす。門柱のように佇む二つの直方体のコンクリートの間に、紺色のセーラー服姿の小柄な女性がいて、長い黒髪を風になびかせている。僕は鼻から、ひときわ濃い蒸気を噴き出す。

彼女は、僕の今の、そして初めての、ひょっとすると生涯で唯一の、もちろんそれで全く構わないからずっとそうであってほしいと願っている、いわゆる彼女だ。ナポリにまつわるささやかな夢に対応する現実は、まるで夢である。

彼女はコンクリートの間を抜けず、わざわざ脇に回って、膝くらいの高さの柵の鉄棒をヒョイとまたいだ。困難のない人生なんてつまらない。いまが何回目かの人生であるかのように、彼女はいつも言うのだ。

足音が、近づいてくる。呼応して僕の心臓は暴れ出し、身体は硬直していく。

今日は、2月14日。

世情に疎い僕にも、この日に彼女に呼び出されたことの意味は分かる。まかり間違っても徴兵や余命の宣告ではあるまい。ちなみに亡くなった僕の曾祖父は出征していて、戦争が終わってから苦学して医者になった。僕と違って徴兵も余命宣告も経験している。ちなみに以降、曾祖父はこの物語には出ない。これは大河小説ではない。小さいけれど、僕の物語なのだ。

気が付くと僕のすぐ前、僕の顔を少し見上げるような位置に彼女の顔があった、切れ長の目、機能美としか言いようがない簡素で凛とした形の鼻梁、リップらしいささやかな艶を帯びた厚めの唇。いつのまに、と僕は慌てる。困難が多そうな彼女の何回かの人生の一回は、おそらく忍者だったのだろう。

彼女は肩に掛けたままのバッグをごそごそとまさぐり、小さな正方形の箱を取り出した。赤いリボンがかけられた透明な外装に暗色の内容物が見え隠れする。僕には宇宙よりも大きく感じられた。

「そのチョコ、徹夜でつくったんだからね」

彼女は得意げに胸を張った。僕はもらった小箱をしげしげと見つめた。焦げ茶色、という以外に適切な言葉が思いつかない不気味な形状と艶の何かが、そこにあった。なるほどチョコレートとは存外、融通無碍な概念なのだなと感心していると、

「スヌード」

たいへんに謎めいた言葉が聞こえた。

「だから、スヌード。ホワイトデーに」

世情にうとい僕でも、チョコレートを贈られた者は翌月に返礼品を贈る風習があることは知っている。だが、世の恋人たちはこのタイミングで返礼品を交渉するのだろうか。そんな疑問とともに、ひとつ大きな問題がある。

スヌードなるものが何か、僕は知らない。

慄然。覚えた感触は、そう呼ぶのが適切であろう。僕は今、岐路に立っている。来月14日をもって彼女との人生を永遠ならしむるか、失望とともに終えるか。夢のよう

な僕の現実は、手が届かぬ夢の王国へ回収されてしまうのだろうか。

彼女の瞳が、僕の能力を窺うように黒く光っている。頭が痛い。喉が渇く。汗が噴き出し、肌が粟立つ。ちなみに僕は粟なる穀物を見たことがない。

「了解」

掠れた声で絞り出してから、僕は明るく「了解、了解」と言い直した。

「スヌードね。楽しみにしてて」

彼女は満足げに頷くと、今日は予備校があるから、と言って踵を返した。小さくなる背に僕は不安を感じ、それは決して暗示された将来などではないと思い直す。少し歩いてベンチに座り、もらったばかりの小箱を包んだ両手を額に押し当てる。

かくして、小説ならぬ僕の物語は始まった。


寒々しい街の郊外を、僕は歩いている。

意気揚々。人からはそう見えるだろう。この表現なら視点も問題ないだろう。

ずどんと通った国道は車が多く、ところどころに歩道橋が設置されている。ここでは車が人に優先するから、横断など許されない。車さまを避けるように、人々は背を曲げて申し訳なさそうに歩道橋を使う。モータリゼーションの正体見たりである。

　もう少し行けば、ホームセンターがある。競技場のごとき巨大な店内に工具や衣服、ガーデニンググッズや食料飲料など数万点（たぶん）の商品を整然と並べた、工業化社会の神殿である。そこには、この世の全てがある。スヌードを持ってこい！　と叫べばたちまち、僕の目の前には選び抜かれたスヌードが山と積まれるだろう。そこにないものは、「ない」という二文字だけなのだ。

「すいません。スヌードってありますか」

　ホームセンターの店内。僕は予定よりほんの少しトーンダウンさせて店員に尋ねた。ロゴ入りの赤いジャンパーを羽織った中年店員は、戸惑うように目を泳がせたあと、とても面倒くさげに、そしていとも簡単に、僕を打ちのめした。

「当店はホームセンターですので」

　気怠い返事は、まず空気の振動となって店員の声帯を発し、口舌によって整形されて漏れ出た途端に加速を始め、音波のはずが体感的には光速の99・999％に迫り、僕の鼓膜に到達したころには星を砕いて余りあるほどの運動エネルギーを得ており、しかし鼓膜ではなく僕の希望を衝撃によって塵に変えて猛スピードで過ぎ去り、暖房が効きすぎた店内の空気に少しずつ溶けていつのまにか元の空気に戻ったのだが、その一連の運動により希望を砕かれた僕は茫然としてしまって、いま自分の目に映る赤いジャンパーの禍々しい色彩は一生忘れないだろうと思い、引き返すことも進むことできない我が身を嘆き、力、山を抜き、気、世を蓋うような気概であった先ほどまでの自分に焼かれるような恥辱を感じ、スヌードやスヌードや汝をいかんせんと嘆きながらホームセンター、いや工業化社会の神殿、いや裏切りの列柱を並べ打算の円蓋を掲げた邪悪な伏魔殿を出るしかなかった。

どうしたものか。

かつて希望だった塵を掻き集めながら、僕はあてどなく彷徨う。だが天は、さきほど挑戦的な目を向けた僕にも恩恵を垂れたもうた。車ばかりで人気の少ない国道に珍しく現れた歩行者が恭しく捧げ持つビニル袋の形で。

そこには、家電量販店・ビックバショーシン電機の大袈裟なロゴがただひたすらに印刷されていた。

ビックバショーシン電機とは駅前にある著名な家電量販店である。業界上位の数社が合併して誕生した巨大企業で、その流通規模は世界ランキングに入る。僕の街の駅前にある窓がない50階建ての本店は、市役所やお城（がこの街には残っている）の天守閣（明治時代に取り壊され、バブル期に鉄筋コンクリート造で再建された）よりはるかに大きく、この街の新しい支配者のごとき威容を誇っている。

そこに無いものは無い。強いて言えば在庫切れなどの理由で期限付きだが、無すら有る。店舗と言うより、ほとんど哲学である。スヌードを持ってこい！　と叫べば、僕の目の前にはたちまち最新の秋冬モデルから型落ち品、あるいはシンプルな普及モデルからマニアも操作に戸惑うボタンだらけのハイエンドモデル、ファミコン（ちなみに、この稿の筆者はともかく僕はファミコンを見たことはない。これは僕の物語なのだ）がくっ付いたタイプや生活防水機能付きなど、あらゆるスヌードが山と積まれるだろう。

駅前は、流行の服で華やかに着飾った人と流行のタピオカミルクティで溢れている。僕は雑踏に飛び込み、希望に満ちた足取りでビックバショーシン電機を目指す。

「痛っ」

という声と、肩に強い衝撃があった。

「おう、てめえ、どこ見てやがる、おうおう！」

眉毛を剃り落とした坊主頭の男が近づいてきた。いかにも、というけばけばしい柄のシャツを着ている。

「おうおう！　おうおう！」

男は上半身を揺すり、がに股でにじり寄ってくる。僕を包んでいたはずの人混みには、いつのまにか円形の空間ができていた。人垣とタピオカミルクティで作られた古代ローマさながらの闘技場で、僕と坊主頭の男は相対している。ローマ皇帝のように闘いを楽しむ民主主義社会の王、それは事なかれ的な個人主義の旗を掲げる民衆である。誰か止めて。

「おうおうおう！　おうおうおう！」

男は僕の襟元を荒っぽく掴み、持ち上げた。学生服のカラーの縁が首に刺さる。

「おうおうおうおうおう！　おうおうおうおうおう！」

これは小説ではない。僕の物語だ。その主人に対して、これほど攻撃的な人物がいてよいのだろうか。つま先立ちになりながら僕は考え、一つの結論に達する。

いてよい——。

彼もまた、僕の物語を彩る人物なのだ。僕にできることは、彼を愛し、信じることだけだ。僕がこの物語を望む形で終えるには、彼の力もきっと必要なのだ。結論は僕を、他者愛に目覚めた歓喜で包んだ。

にしても、さすがに息苦しいし痛い。そろそろやめてくれないかと思った時、

「やめねえかマサ」

男の後ろから低い声がした。マサというらしい男の凄みのある顔の向こうで、ゆったりしたサイズの紫の背広が微風をはらんで膨らんでいる。闘技場には、もう一人の闘士がいたのだ。僕の物語は、わりかし予測不能である。

「相手はガキじゃねえか。みっともねえ」

「けど兄貴」

「ほう」

マサが振り向くと、兄貴と呼ばれた背広の男の、テレビで見た密林の大蛇のような、取材班が飛びそうな目がぎらりと光った。

「俺に向かって、いつの間にかいっぱしの口聞くようになったじゃねえか」

あ、いや、兄貴、そのこれは。マサは狼狽し、握力がわずかに緩んだ。僕はとっさに体を捻ってマサの手を振りほどいた。

「すいません、さよなら」

猛然と僕は駆け出す。次々と現れる人とタピオカミルクティを避け、ビックバンショーシン電機を目指す。

駅前は、不穏な喧騒に満ちていた。

「タピオカを海に還せ！」

「せめて繁殖期だけは禁漁を！」

「これ以上絶滅種を増やすな！」

横断幕や旗を掲げた一団が、悲痛な声で叫んでいる。周囲には警官たちが見守るように立っていて、やや離れてテレビカメラがずらりと並んでいる。

「すみません、ちょっとお時間よろしいかしら？」

神経質そうな声に振り向くと、薄いベージュのスカートスーツをまとった初老の女性が、真剣な面持ちで僕にビラを突き付けていた。

「タピオカはきれいな海水でしか生きられません。ミルクティに沈められてしまうと、窒息して苦しみながら死んでしまうのです」

女性は尖りのある早口で言い立てる。

「乱獲と環境の汚染で、タピオカたちは着々と減っています。私たち人類は自然に、地球に対してこれ以上罪を犯すべきではありません。あなた、健康に育ったタピオカがどんなに美しいかご存じ？」

「知りません、さよなら」

僕は慌てて逃げ出す。わき目も降らず走り、そして呆然と立ち尽くした。

「ただいま改装中です。4月1日に世界最大級、20フロアのタピオカ専門店として再オープン予定です」

ビックバジョーシン電機の入り口は白いボードで覆われ、そのように書かれた張り紙が風に揺らめいていた。

へなへなと僕は座り込む。疲労が、そして絶望が僕の全身に重くのしかかっていた。

「大丈夫ですか、お客さま。どうされました」

駆け寄って来たのは、老いた警備員さんだった。

「スヌードを探していたんですが」

ぼんやり答えると、枯れた顔の警備員さんは眉間に渓谷のような太い皺を一つ増やした。

「新しい仲間は君か」

警備員さんは表情を改め、僕の手を掴んだ。老人らしからぬ力で僕の身体はグイと引き起こされる。

「二人と聞いていた。もう一人はどうした」

「ご事情は知りませんけど」

人違いだと思います、と続けるつもりだったが、「そうかそうか」という得心したような頷きに遮られた。

「別行動なのだな。そして機密保持に最も有効なのは、味方にも情報を明らかにしないことだ。君を派遣してくれた人物は、よく心得ている」

「いえ、知らないのは僕の事情ではなく、あなたの」

「それはこれから説明する。来たまえ」

警備員さんはずかずかと歩き出す。今日三回目の「さよなら」を告げようとしたが、

「今のスヌードは二代目だ」

熱を帯びた声に、心臓が飛び出しそうになった。ついにスヌードを知る人物に出会えた。

警備員さん曰く、スヌードとは、終戦直後に進駐軍の部隊長としてこの街にやって来たアメリカ軍の大尉のことだ。駅前に広がっていた非合法のマーケットを支配していたやくざと結託し、表の権力と裏の暴力を使って公的な統制経済と、その網を潜る闇経済を巧妙に支配した。かつてこの街にいた、暴虐極まる絶対君主。

「それが、スヌード」僕は確認する。

「それが、スヌード」警備員さんは力強く頷く。

さらに話は、警備員さんのお父さん（以下お父さん）にまで及ぶ。お父さんはナカノ学校というスパイ養成所を出た軍人で、東南アジアで映画のような華麗なスパイ活動をしていたらしい。

戦争が終わり、やっとの思いで復員してきたお父さんが故郷で見たのはスヌード大尉の圧政の元で苦しむ人々だった。お父さんはボロボロの軍服でぽつぽつと復員してくる仲間を集め、何度か大尉の暗殺を謀ったが、全て失敗した。やがて日本が再独立を果たすとスヌード大尉は軍を辞め、この街で実業活動を始めて成功した。スヌードの権力基盤は息子に、スヌードを除かんと言う意思はお父さんの息子に継がれた。

「それが、スヌード」僕は再び確認する。

「それが、スヌード」警備員さんは再び力強く頷く。

「どこにいるのですか？」

警備員さんは立ち止まって振り向き、改装中のビックバショーシン電機の最上階を指差した。

「あの店舗の21階以上はビックバショーシン電機の本社だ。その相談役室に、スヌードはいる」

ツツ、と指先が降りる。さっき駅前で気勢を上げていた群衆が、店舗の前に集結していた。

「タピオカを海に還せ！」

「タピオカ専門店反対！」

「タピオカマネーはタピオカのために！」

警備員さんは握り込めるくらいの大きさの、「いかにも」という形のスイッチを取り出した。

「あのデモを焚き付けているのは、私の仲間だ。見ていたまえ」

かちり、とか細い音がした。数瞬遅れて光と轟音が、僕の耳目を荒々しく塞いだ。

「突入だ！　専門店なんかぶっつぶせ」

「タピオカを救い出せ」

「この機会を逃すな！」

悲鳴に、そらぞらしい扇動が交じっている。それが警備員さんの仲間らしい。

「突っ込め！　突っ込め！」

突然な爆発に震えていた群衆は、やがて鈍く動き出し、そして雄たけびを上げ、旗を掲げて穴の開いたシャッターに殺到した。

「来たまえ」

警備員さんはすたすたと歩きだす。やや速足だが、生起した事態に比べて不釣合いなほど、足取りは落ち着いている。

「この混乱に乗じて、私たちは相談役室へ忍びこむ」

「もっと穏やかな方法はなかったのですか？」

追いかけながら、僕は問う。警備員さんは首を振る。

「相談役室までには、役員以上しか通れない扉が数か所ある。いずれも、ビックバジョーシン電機グループ傘下の警備会社が固く守っていて、常の手段ではどうにもならない」

「警備会社があるのですか」

「スヌードが経営している民間軍事会社の国内部門だ。海外の低強度紛争地帯で活動しているプロフェッショナル集団。並の兵隊よりも、場合によっては遥かに手ごわい」

パパパパパ、と言う音が聞こえた。

「鉄砲ですか？」

「鉛弾では人が死んでしまう。暴徒鎮圧用のゴム弾だろう」

問題は弾丸でなく銃のほうにこそあろう。ここは日本だ。そして僕の街だ。何の変哲もない地方都市と思っていたが僕の街では今、秘められていた暗い情熱と歴史が突如、禍々しい現実となって噴出しはじめていた。

「二手に分かれよう。どちらか先にたどり着いたほうが、スヌードを殺す。いいな」

そういって警備員さんは群衆の中に紛れていった。

暴動の荒っぽい喧騒の中、予想を超える事態に僕は戸惑う。僕の夢と現実のあわいに揺蕩う彼女は、いかなる理由で街の隠然たる支配者を求めたのか。これからこの街で何が起きるのか。スヌードとは、タピオカとはそんなものだっただろうか。

一つだけ、わかっていることがある。警備員さんより早くスヌード氏に会わないと、僕の現実は夢に戻ってしまう。

僕は、暴走を始めた僕の物語を取り戻さねばならない。

一歩踏み出す。ちなみに世界が一変したのは、それから一時間ほど後だった。

「食べるか？」

薄暗い中、あの時よりいくぶんか痩せた警備員さんが、パンをくれた。それは本人の身を削って焼かれたように干からびていた。

頭上からは、太陽の光が降り注いでいる。地中貫通爆弾の誤爆で空いた大穴は、電源を喪失した地下街の恰好の光源となっていた。

受け取ろうと手を伸ばすと、警備員さんは「せっかくのメシだ。手を拭きな」と力なく笑う。僕は手入れが終わったばかりの銃を傍らに置き、銃油にまみれた両の掌をボロボロの学生服にこすりつけた。

「戦況は」

受け取ったパンをちぎりながら問うと、警備員さんは、よくない、と言わんばかりに首を振った。

「東京ももうだめらしい。できてしまった」

「タピオカランド」

ああ、と警備員さんは言う。

「結果論から言えば、時間の問題でもあったがな。あいつらの勢いに抗えるなんて、それこそ不可能だったのだ」

「その原因は、あなただ」

僕は遠慮なく糾弾する。警備員さんは答えず、弾倉と手榴弾を目いっぱいくっつけたベストを脱ぎ捨て、「何かあったら起こしてくれ」と寝転んだ。

僕はパンを咀嚼しながら立ち上がる。かつて賑やかな商業スペースだった地下道を歩き、階段から地上に出る。

ただ瓦礫と青空だけが広がり、遠くに巨大な箱が見える。その表面の下半分は、ゆっくり蠢く黒い粘液上の何かに、分厚く覆われている。

かつてビックバジョーシン電機本店と呼ばれていた建物だ。

2月14日、パンドラの箱は開いた。

ビックバジョーシン電機本店の低層階には、一抱えもあるガラスの円筒がずらりと並び、その中では無数の黒い粒が透明な液体に沈んでいた。

「タピオカを助け出せ！」

興奮した暴徒たちは片っ端から円筒を割って回った。液体と黒い粒が、コンクリ打ちっぱなしの廊下に溢れた。

それは、まさに終わりの始まりだった。

黒い粒は、ビックバジョーシン電機がひそかに開発していた生物だった。液体、つまり成長抑制剤から解き放たれたそれは、目に見えるほどの爆発的な速度で増殖し、あっという間に建物の外側にまであふれ、街を覆い、川や線路、幹線道路を伝って日本中に広がっていった。

　その正体が世界に向けて発表されたのは、二週間後だった。それまでに街の外周は自衛隊により封鎖され、日本一国では手に負えないと一方的に決めつけた国際社会から援軍を名乗る占領軍が派遣され、この街どころか日本各地を占領していた。

「仮にタピオカと呼ぶ。ほかに適当な呼び方がない」

　テレビの向こうで国連軍の報道官は、そう切り出した。続いて、当時の人類がミルクティに沈めて一方的に飽食していた黒い粒にそっくりの生物についての説明を始めた。

　タピオカは、ただ増殖だけのために活動する生命体である。エネルギー源は不明だがセルロースを好み、ために肥沃な大草原も管理の行き届いた近代農場も、瞬く間に荒野と化してしまう。また微弱な電気信号によって個体間で相互に通信し、その群体はあたかも無数の神経細胞からなる人間の脳のように振る舞う。密集するほど高度な知性を発揮し、より狡猾に増殖する。

　タピオカは、文字通りの戦闘や殺傷行為を行わない。ただ増殖だけを図り、植物を探し、食み、増えていく。通常の生命体と同じく銃弾や爆風など物理的な衝撃で死ぬが、増える速度が尋常ではない。人類は栓の壊れた蛇口から噴き出す水を、素手でどうにか止めようとしているようなものだった。農業と畜産業の壊滅、伴う不可逆の食糧危機。僕が夢を現実に引き留めようと足掻いているうちに、人類は悪夢のような現実に直面していた。

タピオカを食べる。その試みは早々に放棄された。新しいタピオカはどう調理しても、その名の由来となった水生動物の恨みを押し固めたような不気味な触感と食味を保ち続けた。また分析によると人類はじめ既存の動物が消化吸収できる形での栄養はごく微量しか含まれていなかった。

「タピオカランド」とは、地球上に幾つかあるタピオカの繁殖拠点を指して人類が憎々し気に呼ぶ呼称だ。そこはタピオカの極相林であり、また人間を超える知性を持った一個の生物でもある。人類が扱える程度の火では絶やすことができない。また人類ごときが浅知恵で立案する掃討作戦は、ただ移動と増殖だけでその後方を巧妙に寸断するタピオカによってことごとく撃退された。この街を始め、日本のいくつかの都市が、すでにタピオカランドとなっている。

ビックバジョーシン電機の社長は2月14日時点ではアメリカに出張していた。そのまま姿をくらましたが数日後に拘束され、事態の全貌が明らかとなった。

ビックバジョーシン電機は世界有数の流通企業となったが、トップにはまだまだ遠い。規模の経済がより強く働く業態であるから二位以下はトップ企業の捕食対象でしかない、という経営哲学を持っていた二代目のスヌード氏は焦り、ために健全なビジネス活動を放棄した。タピオカ状の新生物を通常のタピオカに紛れ込ませて流通させ、混沌を現出される。その世界でビックバジョーシン電機はタピオカの増殖を止める独占技術をもって王として君臨する予定であった。だが肝心の制御技術が試験段階のうちに、くだんの生物は暴徒によって世に放たれてしまった。

「日本の皆さん、国際社会があなたたちを守ります。どうか安心して、国連軍の指示に従ってください」

報道官の呼びかけが虚構であることは、誰もが知っていた。タピオカを日本に封じ込める。あわよくば日本列島のどこかに自国の勢力圏を作る。それが日本に派兵した各国の意図だ。繰り返すが、タピオカは文字通りの戦闘や殺傷行為を行わない。この街を瓦礫に変えてしまったのは、国連軍だ。

「逃げないの？」

彼女が僕に尋ねたのは、国連軍が二度目の掃討戦に失敗した直後だった。僕は首を振った。その時、僕は民兵に志願していて、学生服のまま支給された銃を担いでいた。彼女は両親と連れ立って、延々と続く疎開者の列の中にいた。

観光バスから軽トラックまで、人を載せられるあらゆるものが、街に集められていた。迷彩服姿の兵隊たちに先導されて、街の市民は何かに乗り、廃墟と化した街を離れていく。

国連軍は核兵器の使用を決定し、全市民の疎開が急ぎ実行された。この街が、質量という形から解き放たれたエネルギーに灼きつくされるのは3月14日、まるで僕に対する当てつけのようだった。

「僕は、やることがある。3月14日までに」

静かに答えると、彼女の顔が曇った。

「核攻撃を止めるの」

「まさか」

彼女の意外な想像力に、僕は苦笑した。そんな発想も力も、僕にはない。

「スヌードのこと？」

ゆっくり頷くと、「もういいよ！」と彼女は叫んだ。

「もういいよ、スヌードなんていまさら！　一緒に逃げよう」

「困難のない人生なんてつまらない。僕に教えてくれたのは、きみだ」

僕はせめて精一杯の笑顔を作った。

この街を離れれば、彼女は安全だ。対して僕は、この街でまだやることがある。

「落ち着いたら手紙をおくれ。必ず会いに行く。スヌードと」

それだけを言って、僕は手を振った。彼女は名残惜しそうに、そしてわずかに首を傾げて疎開の列に戻った。

そして今日、3月13日、僕は遠くを睨んでいる。世界最初のタピオカランド、ビックバジョーシン電機が、そこに佇んでいる。

ポケットから電池駆動の小さなラジオを取り出し、スイッチを入れて周波数を合わせる。

「早く助けてくれ」

老人と思しきか弱い声が漏れ聞こえた。それがスヌード氏の者であることは、外界の人間には周知のことだった。下層階をタピオカに塞がれたスヌード氏とビックバジョーシン電機本社社員が、今も閉じ込められている。彼らは非常用の食糧と電源で生き抜き、生存を知らせ、救助を求めて続けていた。

周囲は国連軍の兵士や軍用車で埋まっている。頭上ではヘリコプターが旋回し、はるか高空をジェット機の編隊が細長い雲の白線を引いている。

核攻撃を前にして、スヌード氏らの救助作戦がこれから始まる。人命優先という建前と、途上とはいえビックバジョーシン電機が開発していたタピオカの制御技術を確保するためだ。僕や警備員さんなど民兵も、後方支援で参加する。

僕は無論、後ろに引っ込んでいるつもりはない。作戦開始と共に駆け出し、突入し、スヌード氏を確保する。そのまま誰にも引き渡さず、街を出る。

「おうおう！　おうおう！」

「やめねえかマサ」

すっかり慣れた声が聞こえる。彼らこそが、警備員さんが待っていた本当の仲間らしい。いまは横柄な国連軍兵士につっかかりながら、民兵として戦っている。

「行こうか」

警備員さんが横に並んだ。

「しかしどうして、きみは戦うのだ」

僕が仲間でないと、警備員さんはすでに知っている。

「僕の現実を、現実として続けるために必要なんですよ」

答えたとき、いかつい八輪の軍用車が僕らの前をかすめた。濃密な土埃が舞い、僕の目を塞ぐ。

「それが、スヌード」警備員さんの声が聞こえる。

「それが、スヌード」僕は、力強く答える。

これは小説ではない。僕の物語だ。視界が、ゆっくりと晴れていく。

【おことわり】

このお話は、２０１９年１月26日にジュンク堂書店三宮駅前店で開催された、水沢秋生さんの新刊『あの日、あの時、あの場所から』の刊行記念イベント「水沢秋生短編マラソン」にて川越宗一が書いた掌編を、ヤキニク・タヴェタイネンが改稿したものです。

また本作中でのタピオカの描写は、川越宗一がツイッター上で行った様々な人との対話から、ヤキニク・タヴェタイネンがインスピレーションを得たものです。

元になった掌編

https://twitter.com/3ekimae_junkudo/status/1089105311850323968

https://twitter.com/3ekimae_junkudo/status/1089105916186681344

いつもは

浅生　鴨

　ここのところ気候のせいかずっと体調が悪かった。

　本当は体調よりも気持ちのほうが疲れていることは自分でもよくわかっている。頭痛も肩凝りも酷いので、こういうときは風呂に入るのがいちばんいいのだけれども、風呂に入るのだってそれなりの体力が要るから、のんびりと湯に浸かって身体を緩めたり気持ちを沈めたりすることもままならない。

　そうこうしているうちに、体調は日に日に落ちこんで、ついには、ただ立っていることさえできないほどの弱りかたになってしまった。もうどうしようもない。


気持ちのほうはさておき、身体だけでもなんとか立て直さねばと思い、まずはニンニクを大量に食べた。友人から勧められた栄養ドリンクはびっくりするほど高額で、それでも背に腹はかえられないと思い切って購入する。私家版文庫が二十冊売れても、この栄養ドリンク代には足りないくらい高価なのだから効いてくれないと困る。

　そして散髪だ。目先の気持ちを変えるのに散髪は効果的で、たぶんそれなりに重さのある髪を切るから多少は頭も軽くなるのだろう。散髪での気分転換は、僕にはわりと合っている。

　バス通りに面した床屋の前には例の赤と

青と白のサインポールがぐるぐると回転していた。色のついたラインが下から上にどんどん上がっていくように見えるのは、もちろん目の錯覚で、錯覚だとわかっていてもやっぱりそう見える。ガラス窓には道路に向かって何枚かの写真が飾られていて、三十年近く前の若者たちが、とっておきのヘアスタイルでポーズを決めていた。

重いドアを引き開けるとお父さんが「はいはい」とこちらを向いてうなずいた。

父と子で経営している床屋で、母というか妻は店に出てこない。

いつだったか、その母というか妻が、白に近い金髪を高く編み上げた頭の上に、真っ白なレースの日傘を差して店から出かけていくところを見かけたことがあって、僕はマリーアントワネットかよと思ったのだった。

いつ店に行っても四つある椅子は全てが空いていて、僕はこの床屋で僕以外の客を見たことがなかった。

「いいお天気だねえ」お父さんが言う。

息子は店の奥にある居間に引っ込んで昼食を摂っているようだった。ときおり麺をすする音が聞こえてくる。

「梅雨だっていうのにねぇ」

僕は床屋で話をするのが苦手だ。当たり障りのないその場限りの会話をするくらいなら、目を閉じて眠っていたい。たいていの床屋はそうやって僕が目を閉じると、黙ったまま髪を切ってくれる。ところが、これが流行の美容室になると、客と親密に話すことだってプロの技術なのですと言わんばかりに、あれこれコミュニケーションを図ろうと挑んでくるので、僕としては本当につらいのだ。

「いつもみたいな感じでいいんだよね？」

お父さんが聞いた。

いつもというほど頻繁に来ているわけじゃないけど、なんとなく顔見知りではあるし、僕はたいして髪型に興味がないので、さっぱりであればそれでいい。

「はい。いつもみたいな感じでお願いします」それだけ言えば、あとは黙って寝ていればいい。僕はすぐに夢の中に潜り込んだ。

いきなり頭に何やら冷たいものが注がれて僕は目を覚ました。

どうやらカットは終わったらしい。頭にシャンプーなのか整髪料なのかわからないものが、とにかく冷たい液体がかけられている。

このあとは洗髪とひげそりだ。僕の目の前にある大きな鏡の下には脚で踏むタイプのスイッチがあって、お父さんがそれを踏むと、鏡全体が大きく横にスライドして洗面台が現れる。お父さんはスイッチを踏んだあと、店の端でシェービングクリームを泡立て始めた。

スライドした鏡は、きちんと閉じられていない引き出しにぶつかり、そのまま元の位置に戻ったあと、またスライドを始めるが、また引き出しにぶつかって戻ってくる。鏡は何度も何度も行ったり来たりを繰り返して、ついにはギリギリというおかしな音をたて始めているのに、お父さんはクリームを泡立てていて、まるで気づいていない。

ようやく気づいたお父さんが慌てて引き出しを押し込むと、鏡はおかしな音を立てたまま、どうにかスライドを終えた。

鏡のなくなった場所に現れた洗面台がこちらに向かってゆっくりと倒れてくる。

「はい、どうぞ」お父さんに言われるまま、僕は洗面台に頭を乗せた。髪を洗われると、こんどは椅子が自動的にリクライニングされて、仰向けに寝た状態になる。ひげそりだ。僕はその間もずっと目を閉じて半ば眠っている。そのあとは、ぼんやりとした頭のまま、肩と腰にマッサージの機械を当てられる。

ゴゴゴゴゴゴゴゴ。

四角いその機械は工事現場でアスファルトを均《なら》すときに使われる道具のようで、ひたすら振動が伝わってくるだけの代物なのだが、でもかなり気持ちがいいのだ。

床屋でマッサージの機械をあてられるたびに、この機械の名前を知りたいなあと思って、そしてマッサージが終わったらいつもそのことを忘れてしまうから、たぶん僕はその程度の興味しか持っていないのだろう。

ようやく眠りから戻ってきた僕は鏡をまともに見た。ずいぶんと髪が短くなっている。いや、かなり短い。ここまで短いのは久しぶりかも知れない。

「あれれ？」

僕の後ろから鏡をのぞき込んだお父さんが言った。

「いつもはこんな感じじゃなかったよね？」

「ええ。いつもはこんな感じじゃないです」僕は淡々と答えた。

「だと思ったんだよなあ」

そう言ってお父さんは嬉しそうにうなずき、僕は、ほんの少しだけど、なんだか気持ちがよくなったような気がした。

悲しき結末

END

あとがき

なんと言いますか、僕にも予想外だったのです。この同人誌は、もともと「文学フリマ福岡」で頒布するためにつくり始めたものなのに、なぜか今ごろになってあとがきを書いていることに自分でも驚いています。

ええ、もちろんぜんぶ僕のせいです。もうずいぶん早くから福岡の文学フリマには申し込んでいたのにもかかわらず、例によって相変わらず目先のことにあれこれ足を引っ張られた挙句、空いている時間には本を読んだり海外ドラマを観たりと、ダラダラしていたせいです。

だいたい最初は自分一人だけでつくろうと思っていたのです。手元には「ロック・バンドが解散する話」と「タピオカについての奇妙な話」の原稿があって、この二つはもうネットで公開済みのものだけれども、これらを載せてお茶を濁そうと考えていたのです。でも、やっぱりいろいろな人に声をかけて、いっしょにつくったほうが絶対に楽しいに決まっているじゃないか、なんて余計なことをとつぜん考え始めてしまったので、これはもう完全に僕が悪いわけです。

参加者に声を掛けたのが九月の後半ですから、そりゃまあ、全員の原稿がきちんと揃うはずもありません。ということで、文学フリマ福岡には間に合わず、なんとか文学フリマ東京に滑り込む形で完成させることができました。いやできたはずです。なにせこのあとがきを書いている段階では、まだ三人分の原稿が届いていないのです。不安です。大丈夫か。大丈夫なのか。

なので先に謝っておきます。すみません。本当にすみません。もしも表紙には名前があるのに本文の存在しない人がいたら、ああ、そういうことなのね、と察してください。

それと同時に、まず最初の書き手から手元に届いた原稿を見て「うわあ、ロックバンドの話は載せられないじゃないか。タピオカだけになるわ」と思った僕の気持ちも察してください。さらに別の書き手から届いた原稿を見て「おいおいおい、タピオカの話も載せられないじゃないか」と泣き叫んだ僕の夜を思いやってください。本当にどうしようかと思いましたよ。新しいものを何か書くしかないじゃないか。なんてことだ。ロックバンドの話とタピオカの話は禁止しておけばよかった。

まあ、それはともかく、この冊子に収録された作品は（一部はすでにネットなどで発表された作品やツイートなどを加筆修正して載せたものもありますが）基本的には、どれもふだんから書く仕事をしている人たちが、ふだんとは違う場所で、違う感覚で、違う読者に向けて自由に書き下ろしたものです。

いつもの作風とあまり変わらないものを書いた人もいれば、こういうものも書くのかと驚かされる作品を書いた人もいます。きっと書き手にとっても読み手にとっても、その自由さが同人誌のおもしろさなのだろうと思います。しばしの間、お時間をいただければ幸いです。

そして、この同人誌を読んでくださった方が、この中で一つでも気に入った作品に出会うことがあれば、呼びかけ人としてはこんなに嬉しいことはありません。

たぶん懲りずにまたやると思います。

二〇一九年一一月　浅生　鴨

異人と同人

参加同人または異人（50音順）

●浅生　鴨（あそう　かも）
一九七一年、神戸生まれ。『異人と同人』発行人。たいていのことは苦手。

●小野美由紀（おの　みゆき）
文筆家。一九八五年生まれ。創作文章ワークショップ「身体を使って書くクリエイティブ・ライティング講座」主宰。著書に『傷口から人生。～メンヘラが就活して失敗したら生きるのがおもしろくなった』（幻冬舎）、『人生に疲れたらスペイン巡礼～飲み、食べ、歩く８００キロの旅～』（光文社）、『ひかりのりゅう』（絵本塾出版）、『メゾン刻の湯』（ポプラ社）ほか。『ＳＦマガジン』で発表された『ピュア』が話題沸騰中。

●川越宗一（ヤキニク・タヴェタイネン）
一九七八年、大阪府生まれ。龍谷大中退。バンド活動を経て、現在はカタログ通販企業勤務。『天地に燦たり』で松本清張賞受賞。最新作『熱源』が山田風太郎賞候補となる。

●古賀史健（こが　ふみたけ）
一九七三年、福岡県生まれ。ライター、株式会社バトンズ代表。『嫌われる勇気』『幸せになる勇気』（共著・岸見一郎）、『20歳の自分に受けさせたい文章講義』ほか著書多数。二〇一四年「ビジネス書大賞・審査員特別賞」受賞。最新作は幡野広志さんの思いをまとめた『ぼくたちが選べなかったことを、選びなおすために。』

●ゴトウマサフミ
熊本在住。漫画家&イラストレーター。Ｅテレアニメ「くつだる。」原作担当。「ほぼ日」のイヌネコアプリ「ドコノコ」にてマンガ「ドコノコノコト」連載中。

●スイスイ
一九八五年、名古屋生まれ。広告会社での営業を経て、コピーライター・ＣＭプランナーに。ｃａｋｅｓクリエイターコンテストで入賞後、同サイトにてエッセイ「メンヘラ・ハッピー・ホーム」を連載。プライベートではメンヘラを経て100％リア充になり、現在二児の母。

●高橋久美子（たかはし　くみこ）
一九八二年、愛媛県生まれ。作家・作詞家。様々なアーティストに作詞提供を行う。著書にエッセイ集「いっぴき」詩画集「太陽は宇宙を飛び出した」絵本「赤い金魚と赤いとうがらし」など。「おかあさんはね」など絵本の翻訳も。ｗｅｂちくまにて短編小説「一生のお願い！」連載中。十二月に新しい詩画集を発表予定。

●田中泰延（たなか　ひろのぶ）
一九六九年、大阪生まれ。ライター、コピーライター、青年失業家、写真者として多忙な日々を送る。レンズメーカーＳＩＧＭＡのウェブマガジンＳＥＩＮにて「フォトヒロノブ」連載中。著書に『読みたいことを、書けばいい。』

●永田泰大（ながた　やすひろ）
一九六八年生まれ。ほぼ日刊イトイ新聞乗組員。さまざまなコンテンツを制作。イベントの企画や書籍制作も手がける。最近手がけた書籍は『岩田さん　岩田聡はこんなことを話していた。』（ほぼ日）

●幡野広志（はたの　ひろし）
一九八三年、東京生まれ。写真家、元狩猟家。二〇一〇年から広告写真家・高崎勉氏に師事、「海上遺跡」で「Nikon Juna21」受賞。作品集『写真集』（ほぼ日）。『ぼくが子どものころ、ほしかった親になる。』（ＰＨＰ研究所）、『ぼくたちが選べなかったことを、選びなおすために。』（ポプラ社）

●燃え殻（もえがら）
一九七三年、神奈川県横浜市生まれ。テレビ美術制作会社で企画、人事担当。著書に『ボクたちはみんな大人になれなかった』（新潮社）。『ｙｏｍｙｏｍ』（新潮社）にて「これはただの夏」連載中。

●山本隆博（@SHARP_JP）
フォロワー50万を超える、家電メーカー・シャープの公式ツイッター運営者。時にゆるいと称されるツイートで、ニュースやまとめ記事になることが日常に。企業コミュニケーションと広告の新しいあり方を模索しながら、日々ツイッター上でユーザーと交流を続けている。漫画家コミュニティ「コミチ」で連載も。

異人《いじん》と同人《どうじん》

二〇一九年十一月二十四日　初版第一刷発行
二〇二〇年　一月二十二日　第二刷発行

著　者　浅生《あそう》　鴨《かも》　小野美由紀《おのみゆき》
川越《ヤキニク・タヴェタイネン》　宗一　古賀史健《こがふみたけ》
ゴトウマサフミ　スイスイ
高橋久美子《たかはしくみこ》　田中泰延《ひろのぶさん》
永田泰大《ながたやすひろ》　幡野広志《はたのひろし》
燃《も》え殻《がら》　@SHARP_JP 山本隆博

発行人　浅生　鴨

発行所　ネコノス合同会社
郵便番号一〇七—〇〇六二
東京都港区南青山二—二二—一四
電話　〇三—六八〇四—六〇〇一
FAX　〇三—六八〇〇—二一五〇

印刷・製本　株式会社グラフィック

定価は裏表紙に記載しています。

ISBN 978-4-9910614-2-4 C0093